Arena-Tasch[illegible]

Band [illegible]

Christina Arras/Ilona Einwohlt

Wellenreiterin

Das Mädchen-Coachingbuch für den Start ins Leben

Arena

Die Ratschläge in diesem Buch sind von Autorinnen und Verlag sorgfältig erwogen und geprüft, dennoch kann eine Garantie nicht übernommen werden. Eine Haftung der Autorinnen bzw. des Verlages und seiner Beauftragten für Personen-, Sach- und Vermögensschäden ist ausgeschlossen.

In neuer Rechtschreibung

1. Auflage 2008 als Originalausgabe im Arena-Taschenbuchprogramm

Gesamtgestaltung und Illustration:
knaus. büro für konzeptionelle und visuelle identitäten, Würzburg
Umschlaggestaltung: Frauke Schneider
Gesamtherstellung: Westermann Druck Zwickau GmbH

ISSN 0518-4002
ISBN 978-3-401-02383-0

www.arena-verlag.de

„Du stellst dich in den Sturm und schreist:
Ich bin hier, ich bin frei,
Alles, was ich will, ist Zeit,
Ich bin hier, ich bin frei …
Das ist die perfekte Welle,
Das ist der perfekte Tag,
Lass dich einfach von ihr tragen,
Denk am besten gar nicht nach."

Aus: Juli, Perfekte Welle

Inhalt

HALLO WELLENREITERIN,

geht es dir auch so: Alle um dich herum reden nur davon, in der Schule die richtigen Weichen für später zu stellen – und du denkst die ganze Zeit: Warum denn jetzt schon? Schließlich hast du noch ein paar Schuljahre vor dir und kannst noch ein bisschen paddeln, bevor du auf die nächsten Wellen des Lebens aufspringst. Wenn du dich aber heute schon ein bisschen für dich und deine Zukunft interessierst, wirst du sehen: **Es macht Spaß zu wissen, wo du stehst und wohin dich deine Lebenswelle tragen soll!**
Dieses Coachingbuch hilft dir dabei, deine Talente herauszufinden und deinen Weg zu gehen.
Im ersten Teil des Buches geht es nur um dich: Du bekommst einen guten Überblick über das, was du besonders gut kannst oder was für dich überhaupt nicht infrage kommt, und lernst Lebensmodelle kennen.
Im zweiten Teil des Buches erfährst du etwas über Schulabschlüsse, Berufe und ihre Voraussetzungen, Verdienstmöglichkeiten. Auch findest du einige praktische Links und Checklisten. Das alles hilft dir, deine Talente zu sortieren und eventuell ein paar Wellen näher ins Auge zu fassen. Der dritte Teil schließlich ist sehr praxisorientiert. Hier erfährst du, wie du deinen Schulalltag besser geregelt bekommst und wie du auch unter Leistungsdruck stark bleiben kannst. Ob Referat, Praktikumssuche oder Bewerbung – in diesem Kapitel kannst du jede Menge wertvolle Tipps für dich mitnehmen.

Aber: Du entscheidest, welche Wellen für dich geeignet sind und wann du auf sie aufspringst: Ob du schon so weit bist und durchstartest oder ob du lieber noch ein bisschen wartest, bis die PERFEKTE Welle angerollt kommt. Und dann kann es auch passieren, dass sich die Wellen überschlagen … Egal, Hauptsache, du tauchst immer

wieder auf, irgendwann trägt dich die Welle zum Ziel. Und dabei geht es nicht darum anzukommen (so eine Welle kann ja ewig lang rollen), sondern dass du auf deinem Weg Balance und Beständigkeit zeigst – und deine Chancen nutzt.
In diesem Sinne: Lass dich von deinen Gefühlen tragen, spring auf die Welle, wenn du bereit bist – und lass dich nicht unterkriegen!

Einen grandiosen Wellenritt wünschen dir
Christina Arras & Ilona Einwohlt

In Kurzform:

Das machst du:
- neugierig sein
- Neues ausprobieren
- bis zum Ende durchhalten

Das bekommst du dafür:
- Erkenntnisse über dich und andere
- Ideen, wie du schwierige Situationen anpackst
- viel Spaß – garantiert!

I. Ich bin ich

Was willst du einmal werden? Diese Frage kennst du garantiert, denn von Kindesbeinen an wird sie dir gestellt. Als Fünfjährige hast du vielleicht mit „Tierärztin" geantwortet, in der Grundschule dann war womöglich Balletttänzerin das große Ziel. Und jetzt?! Tausend Antworten und Möglichkeiten fallen dir ein wie zum Beispiel Model, Architektin, Konditorin, Chemikerin … Aber welcher von diesen Wegen passt wirklich zu dir? Jetzt wird es so langsam ernst, der Schulabschluss rückt näher, allerorten wird über Arbeitslosigkeit diskutiert – und du hast überhaupt keinen Plan davon, was das alles soll. **Weil du ja noch nicht einmal selbst genau weißt, wer du selbst eigentlich bist,** wo deine Stärken und Schwächen liegen. Weil du dich eigentlich mehr für Jungs, Partys und deine Hobbys interessierst. Weil die Schule voll öde ist. Weil die Eltern nerven. Weil überhaupt sich diese ganze Pubertät jeden Tag anders anfühlt.

In diesem Kapitel geht es deshalb um alles, was deine Persönlichkeit ausmacht. Damit du wieder ein bisschen Land siehst und Boden unter den Füßen gewinnst. Damit du weißt, was alles in dir steckt und welche Möglichkeiten dir offenstehen. Also, paddel los und probiere aus, welche Wellen für dich infrage kommen!

Übrigens: In unserem Buch **Schmetterlingsflügel für dich! Das Coachingbuch für starke und selbstbewusste Mädchen,** erschienen im Arena Verlag, kannst du ausführlich alles zum Thema Selbstbewusstsein und Zielformulierungen lesen und bearbeiten.

Was deine Persönlichkeit ausmacht, weißt du zurzeit gar nicht? Dann mach dich auf die Suche nach deinen Schokoladenseiten (denn die hast du!) und nach deinen Potenzialen. Schreibe dir auf kleine Zettel all die positiven Dinge, die dir an dir gefallen oder die du gut kannst. Erinnere dich daran, woher das Wort positiv kommt: Von „Positum", das bedeutet „das Gegebene, das Tatsächliche". Damit sind all deine Stärken und Eigenschaften gemeint. Diese bringst du als Grundlagen mit und entwickelst sie weiter. **Du brauchst nicht anderswo als in dir suchen oder jemanden kopieren.** Entwickle dein Bild von dir, das dir gefällt und mit dem du deinen erfolgreichen Wellenritt machst. Der Kabarettist und Humorcoach Dr. Eckard von Hirschhausen beschreibt in seinem Programm „Glücksbringer" ein passendes Bild: Hast du schon mal einen Pinguin im Zoo gesehen? Wie der krummbeinig und pummelig daherläuft, sodass du dir mitleidig denkst: „... und warum hat der Schöpfer bei dir Wicht die Knie vergessen?" Dann springt der Pinguin ins Wasser und taucht, so elegant, so energieeffizient, so ausdauernd ... Der Rat ist einfach: **Sorge dafür, dass du dein Element findest, in dem du deine Stärken entfalten kannst.**

DEINE TALENTE SIND DEIN KAPITAL

Wieso dein Kapital? Kapital ist eine werthaltige Sache, die zur Vergrößerung ihres eigenen Wertes eingesetzt wird. Stell dir mal vor, du wärst eine Firma, sagen wir die Lara AG. Die Lara AG hat das Ziel, am Markt zu bleiben und vielleicht sogar zu expandieren. Leider verfügt sie heute weder über Maschinen noch über Mitarbeiter, sie hat auch noch keine Marken, die sie zu Geld machen kann, oder Methoden, die ihr ein Patent verschaffen. Aber sie hat etwas, was nur die Lara AG hat, nämlich Laras **Fähigkeiten oder Kenntnisse, Eigenschaften, Leidenschaften, Erfahrungen und Können.** Wenn sie dieses eingebrachte „Vermögen" (eben was Lara zu tun „vermag" …) nutzt, kann sie damit wirtschaften und ihr Vermögen vermehren:

Fähigkeiten wie Auffassungsgabe oder vorausschauendes Denken.

Kenntnisse wie Fremdsprachen, Programmiersprachen, Wissen um Lernmethoden.

Eigenschaften wie Zuverlässigkeit, Sorgfalt, Durchsetzungsvermögen, Leistungsmotivation, Flexibilität.

Leidenschaften, egal ob sie Tanzen, Gerechtigkeit oder Afrika heißen.

Erfahrungen als Babysitter, Klassensprecherin oder Ferienjobber.

Können, wie zum Beispiel Texte schreiben, Strickpulli-Design, mathematische Gleichungen lösen.

Dein Name = Dein Programm

Vielleicht kennst du diese Übung bereits aus unserem Buch „Schmetterlingsflügel für dich". Hier kannst du sie noch einmal gezielt für das „Bewerben deiner Person" nutzen. Sicher kommen noch einige neue und relevante Eigenschaften dazu! So geht's: Ordne jedem Buchstaben deines Vornamens eine positive Eigenschaft zu, die dein Kapital beschreibt: ***MARIE*** *– das bin ich:*

M *otiviert*

A *nalytisch*

R *espektvoll*

I *ntelligent*

E *hrgeizig*

Auch in negativ erlebten Eigenschaften schlummern Talente: Dreh sie wie Münzen um und **schau, welche versteckte Stärken sich auf der anderen Seite jeweils zeigen!** Sagen deine Eltern, du wärst stur, bist du auf jeden Fall beharrlich. Wirft man dir vor, unstet zu sein, bist du sicher flexibel. Findest du dich selbst langweilig, bist du sicher für andere angenehm verlässlich.

Sei dein eigener Talentscout

Beim Erforschen deiner Stärken und Talente hilft es dir, folgende Informationen zusammenzustellen. Nimm dir Stift und Zettel zur Hand und notiere dir pro Frage zwei, drei Antworten.

Wofür bekommst du von deinen Lehrern am meisten Lob?

....

Was fragen deine Freundinnen nur bei dir an?

....

Was fällt dir viel leichter als deinen Freundinnen?

....

Worauf musst du dich im Gegensatz zu anderen nicht konzentrieren?

....

Was machst du locker ohne Vorbereitung?

....

Worüber machen sich deine Eltern bei dir nie Sorgen?

....

Schaue bei der Praktikums- und späteren Berufswahl danach, wo du Dinge tun kannst, die dir – im Gegensatz zu anderen Menschen – leichtfallen. Und dann suche dir ein Hobby, in dem du das tun kannst, was dir Spaß macht. Die Botschaft ist einfach: Das, was du gern machst, also zum Beispiel tanzen oder Snowboard fahren, ist vielleicht nicht das, was du supergut kannst. Dafür gibt es Dinge, die dir ganz leichtfallen, zum Beispiel Aufsätze schreiben, eine Megaparty organisieren, eine Gleichung lösen. Hier wirst du mit minimalem persönlichem Aufwand maximal punkten und dabei Erfolg und Glücksgefühle ernten. Erfolg und Glück, was suchst du mehr in einer beruflichen Zukunft?

Was sind deine schlechtesten Eigenschaften … und was ist jeweils ihre positive Seite?

....

Welche Geschichten aus deiner Kindheit erinnerst du und welche Eigenschaften, Fähigkeiten oder Eigenarten kommen darin zum Ausdruck?

....

....

Betrachte gemeinsam mit deiner Freundin, welche Stärken sich herauskristallisieren: Bist du praktische Hand- oder analytische Kopfarbeiterin? Bist du lässig drauf oder ehrgeizig? Bist du die weltbeste Problemversteherin oder die technikverliebte Computermaus? Unterstreiche Wörter, die häufiger vorkommen, und solche, die dich vom Gefühl her besonders ansprechen. Lies sie laut vor, frage deine Freundin, was ihr zu dieser Liste spontan einfällt, und ergänze deine Gedanken. Deine Liste enthält sicher eine Reihe Begriffe, die es sich lohnt weiterzuverfolgen. Und sie enthält vielleicht erste Hinweise, die dich unterstützen, dein „Element" zu finden.

Gibt es ein Raster für Persönlichkeit?

Schon seit Jahrtausenden versuchen die Gelehrten, Persönlichkeit zu „erfassen". Im fünften Jahrhundert v. Chr. meinte der Arzt Hippokrates, die Persönlichkeit werde durch die jeweils dominante Körperflüssigkeit bestimmt: War es das Blut, erkannte er den „Sanguiniker" am heiteren, aktiven Verhalten. Den „Phlegmatiker", bei dem der Schleim vorherrscht, sah er als teilnahmslos, ruhig und schwerfällig. Beim „Melancholiker" mit der überwiegenden schwarzen Galle, erkannte er grüblerisches und depressives Verhalten. Und wenn die gelbe Galle vorherrschte, sprach er vom reizbaren, hitzköpfigen „Choleriker".

Heutige Wissenschaftler beschreiben Persönlichkeit als die jeweilige Kombination von fünf Eigenschaften. Du kannst dir das vorstellen wie fünf Metermaße. Irgendwo auf jedem Metermaß ist dein Wert für diese Eigenschaft, auf einem hast du vielleicht eine ganz starke, auf den anderen eine mittlere oder niedrige Ausprägung:

1. „Extraversion": Wie extravertiert, also zum Beispiel gesellig, aktiv, gesprächig, oder (am anderen Ende) wie introvertiert, also zurückhaltend, unabhängig, bist du?

1. Extraversion	introvertiert, zurückhaltend, unabhängig	**10**	**20**	**30**	**40**
2. Verträglichkeit	misstrauisch, wettbewerbsorientiert	**10**	**20**	**30**	**40**
3. Gewissenhaftigkeit	spontan, unachtsam, ungenau	**10**	**20**	**30**	**40**
4. Emotionale Stabilität	sensibel, unsicher, ängstlich	**10**	**20**	**30**	**40**
5. Offenheit für Erfahrungen	konventionell, konservativ	**10**	**20**	**30**	**40**

2. „Verträglichkeit“: Wie verständnisvoll, kooperativ, harmoniebedürftig oder aber misstrauisch, wettbewerbsorientiert bist du?
3. „Gewissenhaftigkeit“: Wie organisiert, sorgfältig, zuverlässig bzw. wie spontan, unachtsam, ungenau bist du?
4. „Emotionale Stabilität“: Wie ausgeglichen, sorgenfrei, nicht leicht aus der Ruhe zu bringen bzw. sensibel, unsicher, ängstlich bist du?
5. „Offenheit für Erfahrungen“: Wie wissbegierig, intellektuell, fantasievoll, experimentierfreudig oder aber konventionell, konservativ bist du?

Auch die heute von Unternehmen eingesetzten Persönlichkeitstests basieren fast alle auf diesen Forschungen. Es geht dabei nicht darum, möglichst viel oder möglichst wenig von einer Eigenschaft zu haben. **Vielmehr zeigt die Skala, wie deine persönliche Mischung aussieht und was deine Persönlichkeit ausmacht.** Du musst in solchen Tests nicht ankreuzen, wie du gerne wärst oder wie du meinst, dass dich andere gerne hätten. **Es ist gut, wenn du dich kennst und zu dir stehst:** In manchem Umfeld ist konservativ richtig und flippig unangebracht, in einem anderen ist es umgekehrt.

50	60	70	80	90	100	gesellig, aktiv, gesprächig
50	60	70	80	90	100	verständnisvoll, kooperativ, harmoniebedürftig
50	60	70	80	90	100	organisiert, sorgfältig, zuverlässig
50	60	70	80	90	100	ausgeglichen, sorgenfrei, nicht leicht aus der Ruhe zu bringen
50	60	70	80	90	100	wissbegierig, intellektuell, fantasievoll, experimentierfreudig

Dein Geschenk an die Welt

Der Coach Dick Richards sagt, jeder Mensch hat ein Geschenk an die Welt: Das ist etwas, was du so gut kannst, dass du es automatisch tust, wenn du mit Freunden zusammen bist oder in deiner Klasse aktiv wirst oder eine Fete schmeißt. Also zum Beispiel „Menschen ernst nehmen" oder „Probleme lösen" oder „Die Welt erkunden". Kennst du dein „Geschenk", macht es dich wahnsinnig stark. Mit etwas Glück fällt dir dein „Geschenk" ein, wenn du entspannt in der Wanne liegst. Sonst bearbeite die folgenden Fragen:

Was tust du als Erstes, wenn du in einen Raum kommst?

....

Was machst du gerne in deiner freien Zeit? (mindestens 10 Dinge)

....

Warum machst du diese Dinge gerne? (mindestens 10 Gründe)

....

Welche Bilder von Personen sprechen dich besonders an? Warum?

....

Dein „Geschenk" packst du für dich aus, wenn du die Begriffe, die immer wieder vorkommen, kombinierst (ein Substantiv und ein Verb). Das sind dann Kombinationen wie „Menschen zusammenbringen" oder „Verzwicktes lösen" oder „Klarheit schaffen". Noch besser, wenn deine Freundin mitmacht und dich mit ihren Eindrücken unterstützt.

Wo Talente schlummern

Talente haben die blöde Eigenschaft, für dich selbst oft lange unsichtbar zu sein. Selbst, wenn du überall sehr gut in der Schule bist, findest du das alles vielleicht total normal und hast trotzdem keine Ahnung, was du „wirklich" gut kannst. Vielleicht wünschst du dir sogar manchmal, in einigen Dingen schlechter zu sein, nur damit du einen Unterschied erkennst und endlich weißt, was Besonderes an dir ist. Hier findest du eine Liste möglicher Talente und dazu die Fragen, die auf sie hindeuten. Du hast diese Begriffe vielleicht noch nie gehört, es ist die Sprache, in der Unternehmen beschreiben, welche Art von Mitarbeitern sie suchen. Wo immer du beim Durchgehen der Liste merkst „genau das bin ich doch", mach einen Punkt, er ist ein Hinweis auf eines deiner Talente!

Teamfähigkeit: Findest du schnell einen Platz in bestehenden Gruppen, zum Beispiel als Neue in einer AG an der Schule? Übernimmst du auch mal unangenehme Aufgaben für dein Team, zum Beispiel den Hallendienst für deinen Sportverein?

Flexibilität: Lässt du dich auf etwas Neues ein und wirfst du deine Pläne auch mal über den Haufen, zum Beispiel wenn deine Freundin dich heute ganz dringend braucht und du eigentlich mit deinem Liebsten ins Kino wolltest?

Selbstständigkeit: Packst du die Dinge auch ohne Anleitung an, zum Beispiel wenn dich die Mutter deiner Freundin bittet, mal eben auf ihren Säugling aufzupassen? Sorgst du durch Fragen selbst dafür, dass du weiterkommst, zum Beispiel wenn du in einer fremden Stadt am Bahnhof ankommst?

Genauigkeit: Kannst du kleine Details beachten, zum Beispiel lieferst du bei einem Referat Perfektion bis auf die Fußzeile ab? Kannst du Dinge auch zum hundertsten Mal durcharbeiten, bis sie stimmen?

Einfühlungsvermögen: Hast du ein Gespür für die Stimmungen anderer, merkst du zum Beispiel schnell, wenn es jemandem in deiner Klasse schlecht geht? Kannst du mit ganz unterschiedlichen Menschen umgehen, hast du beispielsweise Freunde und Bekannte mit ganz unterschiedlichem Hintergrund?

Leistungsbereitschaft: Misst du dich an hohen Maßstäben und bist du bereit, auch mal auf das eine oder andere Vergnügen zu verzichten zum Beispiel auf abendliche Eisdielenbesuche, um für eine Zwei in der Matheprüfung zu pauken?

Analysefähigkeit: Kannst du Aufgabenstellungen durchdringen und die richtigen Schlüsse ziehen, zum Beispiel beim Lesen einer Textaufgabe schnell die wichtigsten Punkte herausfinden und logisch antworten?

Ausdauer: Bleibst du am Ball, auch wenn sich Widerstände gegen deine Ziele auftun, zum Beispiel wenn du dir in den Kopf gesetzt hast, auf ein neues Fahrrad zu sparen (wie beim Wellenreiten, immer wieder aufsteigen …)?

Planung und **Organisation:** Teilst du dir Aufgaben in sinnvolle Schritte ein, machst du dir beispielsweise für deine Prüfungsvorbereitung einen Plan, welches Fach du an welchem Tag lernst?

Entscheiden: Kannst du Prioritäten setzen und aus Alternativen begründet auswählen, ohne zu zögern und zu schwanken, zum Beispiel wenn es darum geht, in der Schule Schwerpunktfächer zu wählen?

Zielstrebigkeit: Setzt du dir Ziele und arbeitest du auf diese systematisch hin? Gehst du beispielsweise ein Jahr nach Kanada, um im Abschlusszeugnis eine super Englischnote zu bekommen?

Führungsmotivation: Übernimmst du gern für andere Verantwortung und nimmst du Einfluss auf andere zum Beispiel als Übungsleiterin beim Turnen oder als diejenige, die gerne bestimmt, wie der gemeinsame Abend gestaltet wird?

Talente-Überblicksmaschine

Diese Übung kannst du alleine oder zusammen mit einer Freundin machen:

1. *Schreib alle Talente, Fähigkeiten, Stärken, die dir zu dir einfallen, auf kleine Karten oder Post-its. Hier kann dich deine Freundin gut mit ihrer Wahrnehmung und ihren Ideen unterstützen.*
2. *Sortiere die Karten in drei Stapel: Auf den rechten Stapel kommt alles, was du typisch für dich findest, in die Mitte kommt „weiß nicht recht", nach links kommt „am wenigsten typisch für mich".*
3. *Jetzt sortierst du nacheinander jeden dieser drei Stapel wieder in drei Stapel: rechts „am typischsten für mich", Mitte „so la la", links „am wenigsten typisch für mich". Am Ende dieses Schrittes hast du neun Stapel. Der ganz rechts enthält den Kern deiner Talente – mach ein Foto der Begriffe.* ***Wenn du eine Bewerbung schreibst, musst du diese Begriffe dann unbedingt erwähnen!*** *Und jeder für dich ernst zu nehmende Praktikums-, Ausbildungs- oder spätere Studienplatz sollte ein gutes Gefäß zum Umsetzen genau dieser Talente sein – sonst ist die Gefahr groß, dass du dich langweilst oder das Gefühl hast, im falschen Film mitzuspielen.*

Sherlock Hobby

Was machst du gerne in deiner Freizeit? Was machst du oft und ohne äußeren Zwang? Vielleicht ist es tanzen, Freunde treffen, shoppen, vielleicht ist es lesen, chatten, spielen oder kniffelige Aufgaben wie Sudokus lösen. Egal, was du gerne machst, deine **Hobbys und Freizeitaktivitäten können ein guter Hinweis für deine spätere Berufswahl sein.** Dabei musst du natürlich etwas genauer hingucken. Es reicht nicht, nur an der Oberfläche Hobby = Berufswunsch zu setzen, von wegen „Ich tanze gerne, also werde ich Tänzerin" oder „Ich lese gerne, da kommt Buchhändlerin infrage". Es sei denn, du hast eine derartige Passion für dein Hobby, dass du es tatsächlich direkt zum Beruf machst – denn das gibt es ja auch. Ein tieferes Verständnis findest du, wenn du dich fragst, was genau es ist, was dir bei diesem Hobby gefällt. Das ist nämlich bei Menschen mit dem gleichen Hobby sehr unterschiedlich. Auf die Frage, warum sie lesen, sagen Menschen meist, dass es sie entspannt. Fragst du genauer nach, findest du heraus, dass es der Erste liebt, ungezwungen und nebenbei etwas dazuzulernen, die Zweite findet komplexe Fantasiewelten toll und die Dritte taucht gerne in fremdartige Gedanken und Gefühlswelten ein.

Deinen Hobbys auf der Spur

Mach eine Liste deiner Hobbys und Freizeitbeschäftigungen. Schreibe dazu alles auf, was du daran so magst. Wiederholungen sind erlaubt, du kannst also an Hobby 1 das Gleiche mögen wie an Hobby 2. Unterstreiche danach, was du an jedem Hobby am meisten magst. Schau nach Gemeinsamkeiten, sie müssen nichts mit dem Hobby direkt zu tun haben, wie zum Beispiel bei tanzen und Ski fahren „sich bewegen". Es können übergeordnete Aspekte sein wie „mit Freunden zusammen sein" oder „allen zeigen, was ich kann".

Hobby: ....

Was ich daran mag: ....

....

Hobby: ....

Was ich daran mag: ....

....

Ein anderes Beispiel: Stell dir eine Handballmannschaft vor, zehn Mädels und zehn verschiedene Gründe, warum sie gerade Handball lieben:

1. mit Freundinnen zusammen sein
2. mich richtig austoben
3. zeigen, was ich kann
4. die Familientradition fortführen
5. Turniere absolvieren
6. die Chance auf den Meistertitel
7. regelmäßig etwas für meinen Körper tun
8. dem Gegner richtig eins verpassen
9. die Atmosphäre bei Rundenspielen
10. mal irgendworin richtig gut sein

Hobby: ....
Was ich daran mag: ....
....

Hobby: ....
Was ich daran mag: ....
....

Was sagen dir deine unterstrichenen Aspekte? „Mit Freunden zusammen sein" ist ein Hinweis, dass du auch später im Beruf gerne vertraute Menschen um dich hast. „Allen zeigen, was ich kann", deutet darauf hin, dass dein Beruf Herausforderungen und Anerkennung bieten sollte.

Wenn sich jede der zehn anschaut, welche Hobbys sie ansonsten hat und was sie wiederum an denen schätzt, werden sich Muster von „berufsrelevanten Themen" herausbilden, zum Beispiel „mit anderen arbeiten", „körperlich aktiv sein", „sich mit anderen messen", „Ideenwelten", „Inspiration". **Aus dem, was dir heute wichtig ist, entstehen Bilder, was dein Beruf einmal bringen soll,** und vielleicht entwickelst du aus der Kombination dieser Bilder ungeahnte Berufsideen.
Und was ist, wenn du keine Hobbys hast? Schau nach, was du tust, wenn du „frei" hast, also keine Verpflichtung hast, etwas zu tun. Rufst du jemanden an oder ordnest du deine Klamotten? Vergräbst du dich mit einer Zeitschrift im Bett oder gehst du bummeln? Wenn du den Computer anschaltest: Gehst du in den Chatroom oder programmierst du etwas? Hier kannst du also auch herausfinden, was dir gefällt: mit anderen austauschen, für Ordnung sorgen, Ruhe finden, auf dem neusten Stand in Sachen Mode sein …

Verbissenheit killt Kreativität

Du denkst: Vitalis, ein Mädchen aus der Parallelklasse, die ist echt kreativ: Das haben ihr ihre Eltern schon in die Wiege gelegt, denn: Wer heißt schon Vitalis …? Sie ist in der Kunst-AG, zeichnet wie eine Göttin, macht Schmuck, schneidert ihre Klamotten selbst, hat immer die ungewöhnlichsten Ideen und du fühlst dich neben ihr total 08/15. Mach dich nicht runter und beiße dich nicht an dem Gedanken fest, du seist nicht kreativ! Kreativ sein heißt zunächst mal so etwas wie „schöpferisch sein, eigene Ideen entwickeln". Meist geschieht das gar nicht durch das Erfinden von etwas komplett Neuem, sondern durch ein Verbinden von bisher Nichtverbundenem. Was denkst du zum Beispiel, wie die leckeren Zimteissterne erfunden wurden? Ein schlauer Eishersteller hat sich gedacht: Schade, dass die Menschen nur Eis essen, wenn es heiß ist …, und hat den Gedanken weitergesponnen. Denn würden die

Menschen auch im Winter Eis essen, hätte er ein doppeltes Geschäft. Flugs hat er „Eis" und „Winter" bzw. „Weihnachten" gedanklich zusammengebracht, da war es ein Leichtes, Zimteissterne zu erfinden.
Es gibt verschiedene Formen von Kreativität. Allen gemeinsam ist, dass sie von Verbissenheit und Gedanken wie „ich muss jetzt aber kreativ sein" nicht wirklich profitieren. Denn: Um etwas Kreatives zu entwickeln, brauchst du die Freiheit, zu spinnen und zu spielen – egal, ob echtes Spiel oder Gedankenexperiment.
Du kannst also auf verschiedenen Feldern kreativ sein: Vielleicht fällt es dir leicht, sprachlich etwas zu schaffen, und du „erfindest" gerne Wörter, wie die „Propellerschatten" der Fußballspieler bei Flutlicht. Vielleicht fällt es dir leicht, aus einer Lilie und einem dürren, knorzigen Ast ein minimalistisches Blumengesteck zu gestalten, das eine bombastische Wirkung hat. Vielleicht kochst du mit einem fast leeren Kühlschrank für deine Freundinnen ein Drei-Gänge-Menü. Oder vielleicht findest du immer einen Weg, auf angesagte Partys eingeladen zu werden. Alles das sind Formen von Kreativität!

Viele kreative Menschen wenden einfach intuitiv Kreativitätstechniken an, zum Beispiel diese: Sollt ihr neue Ideen für die Schulhofgestaltung finden? Liste alles auf, was auf dem Schulhof ist (Sitz, Sand, Steine, Müll, Bank, Busch, Zaun, Ecke, Tisch …), und kombiniere willkürlich immer zwei Wörter: Sitzsand, Müllsteine, Bankbusch, Zaunecke. Überlege jeweils, was das sein könnte: Sitzsand = große Sandsäcke, in die man sich reinlümmeln kann, Müllsteine = Steine, in die man Müll werfen kann. Da sind doch einige Ideen dabei, die es sich lohnt weiterzuverfolgen… Also: Kreativ sein kannst du auch, egal ob du eine Eins oder eine Vier in Kunst hast!

Kreativität macht Spaß!

Mach eine der „Körper fit – Hirn fit"-Übungen von Seite 56 und dann geht's los! Stell dir eine Uhr und male innerhalb von 90 Sekunden aus diesen Kreisen so viele Dinge wie möglich.

Dann werte aus:

1. *Anzahl – Wie viele Kreise hast du in Steckdose, Schweinchen, Teller, Planet etc. verwandelt?*
2. *Anzahl der Kategorien – Tiere, Haushalt, Menschen, Pflanze, Kosmos, Sport, Comic etc.*
3. *Grenzüberschreitung – Hast du über einen Kreis hinausgemalt, zum Beispiel zwei zu einem Fahrrad verbunden?*
4. *Originalität – Hast du unübliche Perspektiven gemalt, wie Fußabdruck eines Bären, Nasenlöcher von unten, Loch im Käse etc.*

Diese vier Aspekte sind Indikatoren für deine Kreativität, je mehr Kreise du ausgefüllt hast, je mehr Kategorien du besetzt hast etc., als desto kreativer giltst du. Wichtig dabei: Denke daran, jeder hat eine andere Form von Kreativität!

Entscheiderin in der Clique, Beobachterin in der Familie?

Deine Clique quatscht schon seit Stunden, was ihr am Freitag unternehmen wollt. Deine Eltern und Geschwister probieren ein neues Spiel aus. Im einen Fall bist du treibende Kraft, drängst auf eine Entscheidung, in dem anderen Fall schaust du zu und überlegst, wie unterschiedlich der Ehrgeiz bei euch allen verteilt ist. **Talente schlummern**

nicht nur in dir, du zeigst sie auch, wenn du mit anderen zusammen bist, etwas planst, Ideen spinnst. Mal beobachtest du stärker, mal nimmst du mehr Einfluss, mal moderierst du die Diskussion. Es ist ganz natürlich, dass du in verschiedenen Gruppen unterschiedliche Rollen einnimmst. Und dennoch gibt es sicher Rollen, die „typisch" für dich sind. Meredith Belbin, ein amerikanischer Psychologe hat untersucht, welche Rollen Menschen einnehmen, wenn sie mit anderen ein Team bilden. Er erkannte neun typische Rollen, vielleicht findest du diese auch in deiner Clique wieder (und dabei müsst ihr nicht neun Mädels sein, manchmal besetzt eine mehrere Rollen, manchmal bleiben Rollen unbesetzt):

Die selbstbewusste **Koordinatorin** mit dem Blick für die Ziele und das, was die anderen können, die manchmal aber auch Aufgaben abdrückt und manipulierend wirkt. „Dani, du hast doch schon mal den Raum gemietet und kennst dich aus: Für unsere Fete ist doch nur noch a, b, c zu tun."

Die **Ergebnisorientierte,** die keinen Bock auf Problemgelaber hat und dabei oft die Gefühle anderer verletzt. „Mensch Leute, wir wollen in drei Wochen feiern, das Rumeiern nervt doch, das geht mir alles viel zu langsam!"

Die **Kreative,** die vor Ideen sprüht, aber leider oft nur das bringt, was sie selbst interessiert ... und nicht sehr „praktisch" denkt. „Wir könnten die Fete doch auch ganz anders aufziehen, ich denke da an Samba, Salsa, Südamerika."

Die **Beobachterin,** die nervig-relaxed und supernüchtern alles auseinandernimmt: „Ich habe mal den Ferienkalender und die Klausurtermine geprüft, das Wochenende scheint mir kein geeigneter Termin zu sein."

Die **Umsetzerin,** die wenn der Plan steht, unflexibel und langsam auf bessere Möglichkeiten reagiert. „Warum sollen wir jetzt wieder alles umschmeißen, verstehe das, wer will!"

Die einfühlsame **Teamfrau,** wichtig für euren Teamgeist, aber in kritischen Situationen oft unentschlossen: „Hm, ja, Jenny, ich verstehe dich total, aber andererseits ist Pias Vorschlag auch nicht schlecht …"
Die **Kontakterin** mit dem dicken Adressbuch, die euphorisch ist und für alles die richtigen Leute kennt: „Warum so pessimistisch? Zehn Anrufe und wir haben die hippsten Leute zusammen, Klausurzeit oder nicht!"
Die **Spezialistin,** die ein unglaubliches Fachwissen hat, aber sich oft in technischen Details verliert: „Also wenn wir den iPod für die Musik nutzen, haben wir im Vergleich zu anderen MP3-Playern die Möglichkeit …"
Die ganz **Genaue,** die jedes Detail beachtet, aber einem mit ihrer Ängstlichkeit und ihren ständigen Sorgen auf den Wecker gehen kann: „… aber wenn wir einen neuen Termin planen, werden wir vielleicht Stornogebühren zahlen müssen."
Du merkst schon, jede dieser bevorzugten Rollen hat gute, hilfreiche Seiten für die Clique oder Familie (remember: Schokoladenseiten zeigen). Und jede hat weniger hilfreiche. Die Kunst ist es, für die Aufgaben, die dir nicht liegen, andere zu finden, die genau dort ihre Stärke haben – seid ihr in eurer Clique richtig gut und kriegt gemeinsam viel auf die Reihe, dann ergänzt ihr euch sicher bestens. Hast du eher das Gefühl, ihr habt immer tolle Ideen, macht aber nichts draus, kann das ein Hinweis darauf sein, dass euch „Club der Kreativen" eine Ergebnisorientierte oder Umsetzerin fehlt … Andere solche „Clubs" könntest du als die „Beobachter-Bande" oder die „emsigen Emmis", „Kontakte-Klüngel" bezeichnen – alle im jeweiligen „Club" sind sich ähnlich, aber es fehlt das Ergänzende für ein richtig gutes Team. Halte also nicht immer nur Ausschau nach Mädels, die genau so sind wie du, sondern auch mal nach welchen, die anders sind und euer Team gut ergänzen!

DAS TOLLE LEBEN DER ANDEREN

Das sieht so easy aus: Lockere Tanzschritte, beneidenswerte Figur, tolle Stimme … aber was auf der Bühne so superlässig rüberkommt, ist in Wahrheit knochenharte Arbeit. Egal, ob Model, Schauspielerin oder Superstar, der Tagesplan ist knallvoll mit Tanztraining, Work-outs, Gesangsstunden, Schminkschule, da bleibt nicht viel Zeit für private Hobbys und Freunde. **„Ohne Biss geht nichts"** sagt die deutsche Boxweltmeisterin Regina Halmich. Das gilt für die erfolgreiche Managerin genauso wie für die berühmte Tänzerin, für die Schülerin genauso wie für das Mädchen, das sich ein bestimmtes Ziel gesetzt hat und es erreichen will. Denn Erfolg ist harte Arbeit, egal, ob das täglich sechs bis acht Stunden boxen, Catwalk, Klavier spielen oder Tiere schützen ist. Nur wer seinen Beruf mit Liebe und Leidenschaft ausübt, hat auch die nötige Power, den nötigen Ehrgeiz – und Spaß daran. Wenn du also denkst, au ja, ich habe schon immer gerne getanzt, ich werde Tänzerin, dann checke erst mal deinen Motivationsfaktor: Ist es der Ruhm? Ist es das Geld? Oder weil tanzen dein Leben bedeutet? **Also, egal, was du tust, mache es mit Liebe und Leidenschaft, stehe 100 % hinter deinen Idealen und Träumen, dann schaffst du das auch.**

Vorbilder – gut zum Bewundern, noch besser zum Lernen

Das sagt die Definition: Ein Vorbild ist eine Idealgestalt, ein Leitbild für die eigene Entwicklung und Lebensgestaltung. Und: Zum Vorbild kann sich keiner selbst ernennen, sondern nur von anderen als eines gesehen werden. Was sagst du, wenn du dich so umschaust in der Erwachsenenwelt? Wen findest du toll und warum? Ist es die Mutter deiner Freundin, die als Frau in einem typischen Männerberuf eine kleine Werkstatt leitet? Ist es deine Tante, die eine 1a-Karriere hingelegt hat und mit zweiunddreißig Jahren Marketingchefin in einem internationalen Unternehmen ist? Ist es deine Chemielehrerin, die drei Kinder hat und gleichzeitig als Lehrerin klasse ist? Oder ist es eine sogenannte „Person des öffentlichen Lebens", eine Sportlerin, eine Politikerin oder eine Schauspielerin? Egal, wer es ist, schau genauer hin, was an dieser Person für dich vorbildhaft ist: Vielleicht schätzt du an deiner Lehrerin ihre Kompetenz und Fairness oder an Angelina Jolie ihr Engagement für Kinder.

Bei der Wahl deines Vorbilds haben – wahrscheinlich unbewusst – folgende Aspekte eine Rolle gespielt: Du siehst eine gewisse Ähnlichkeit zu dir, zum Beispiel in den Einstellungen oder Zielen der Person, du nimmst einen Erfolg wahr und du bist überzeugt, dem Vorbild auf gewisse Art nacheifern zu können. Das macht den Unterschied aus zwischen dem kindlichen „Anhimmeln eines Stars" und dem eher erwachsenen „so … (zielorientiert, klug, elegant, cool, stark, kreativ etc.) möchte ich auch sein".

Checke dein Vorbild – ist es wirklich deins?

Schreib mal auf, wer deine Vorbilder sind und wofür du sie bewunderst:

Vorbild:	*Bewundere ich für:*
....	....
....	....
....	....
....	....
....	....
....	....

Prüfe mal, wofür du deine Vorbilder schätzt, sind es deren Ziele, Taten, Erfolge oder Eigenschaften?

***Innere Eigenschaften** sind zum Beispiel Kompetenz, Fairness, Kreativität, Freundlichkeit, Belastbarkeit.*

***Äußere Eigenschaften** sind zum Beispiel tolle Haut, super Styling, gute Haltung.*

***Ziele** sind zum Beispiel: die Welt verbessern, die Meisterschaft gewinnen, Karriere machen.*

***Taten** sind zum Beispiel: als Umweltschützerin bei Greenpeace aktiv sein, ein Unternehmen aufbauen, tolle Kleider entwerfen, eine Theatergruppe gründen.*

***Erfolge** sind zum Beispiel ein Grammy, eine Goldmedaille, jüngste Chefin vom Dienst in einer Nachrichtensendung zu sein, Reichtum.*

Schaust du bei Vorbildern stärker darauf, wie sie sind, was sie anstreben, tun oder erreichen? Ergänze doch mal die fehlenden Aspekte. Das wird dir bei denen leichtfallen, die du wirklich als „Leitbild für die eigene Entwicklung und Lebensgestaltung" sehen kannst, und es wird dir schwerfallen bei denen, die du von anderen als Vorbilder mal eben übernommen hast.

Checke dein Vorbild – tut es dir gut?

Mit den folgenden Fragen kannst du prüfen, ob du ein geeignetes Vorbild erwischt hast, also eines, das dir persönlich guttut. Wenn du an jeder Stelle überzeugt Ja sagst, sind das gute Hinweise auf ein glaubwürdiges, vertrauenswürdiges Vorbild:

- *Ich weiß immer, dass das Gesagte ernst gemeint ist und keine Show oder Ironie.*
- *Mein Vorbild lebt in Taten vor, was er/sie sagt.*
- *Mein Vorbild zeigt das, was ich bewundere, schon über eine längere Zeitdauer.*
- *Mein Vorbild zeigt das, was ich bewundere, in ganz verschiedenen Situationen.*
- *Ich finde ihn/sie authentisch, sehe Stärken und auch Schwächen.*
- *Mein Vorbild zeigt echtes Engagement und Leidenschaft für eine gute Sache.*
- *Mein Vorbild betrachtet sich selbstkritisch und geht gut mit sich um.*
- *Das, was ich an meinem Vorbild sehe, kann ich in eigenes Handeln umsetzen.*
- *Ich habe von meinem Vorbild etwas gelernt, was ich schon umgesetzt habe.*
- *Die gelernten Handlungen führen für mich und andere zu einem guten Ergebnis.*
- *Jemand, der mich liebt, findet mein Vorbild gut für mich.*

Tagtraum oder Traumjob

Wer träumt nicht davon, der langweiligen Kleinstadtwelt zu entfliehen, in Luxushotels in Gucci-Bikini und Prada-Pantoffeln Fruchtcocktail zu schlürfen … Die Glamour-Glitzer-Jetset-Welt der Models scheint

Haste eins, haste keins?

Laut Studien hat gut die Hälfte aller Jugendlichen in Deutschland ein Vorbild. Mutter und Vater landen dabei oft auf Platz eins oder zwei der Vorbilderrangfolge. In unserer Kindheit sind die Eltern oder andere Bezugspersonen unsere wichtigsten Vorbilder, die wir, ohne nachzudenken, nachahmen. Als Jugendliche wirst du kritischer: Du nimmst deine Eltern nun realistischer wahr und wählst ganz bewusst deine Vorbilder. Manchmal machen Stars aus den Medien das Rennen, manchmal bleiben es deine Eltern.

superinteressant. Als Schauspielerin an den tollsten Orten dieser Welt zu arbeiten, wäre tausendmal besser als im muffigen Klassenzimmer deinem schwitzenden Mathelehrer beim Kreidequälen zuzuhören. Und es gibt ja auch immer wieder Beispiele für Stars, die tatsächlich auf der Rolltreppe im Kaufhaus von einem Agenten der Topmodelagentur angesprochen wurden und damit den Start in eine sagenhafte Karriere hingelegt haben … Richtig ist: **Schöne Tagträume sind erlaubt und führen dich in bessere Welten.** Wichtig ist: Schau gut hin, ist es ein Traum oder steckt für dich ein wirkliches Ziel dahinter, das du verfolgen willst? Am besten probierst du das Leben deiner Träume aus. Tu was im Kleinen, statt nur auf das große Glück zu starren! Ist Astronautin dein Traum? Wie wäre es mit einer Flugsimulation oder einem Tandemsprung mit dem Fallschirm zum Geburtstag? Du träumst davon, als UNICEF-Botschafterin um die Welt zu reisen? Schnuppere in diese Arbeit zum Beispiel durch ein Praktikum mit Kindern, denen es nicht so gut geht wie dir. Auf Seite 104 erfährst du, wie du das machen kannst. Oder möchtest du am liebsten Model werden? Informiere dich über die Voraussetzungen, prüfe anhand deiner Talente und dem folgenden Test, ob du wirklich dafür infrage kommst.

Glamour-Welt, meine Welt?

Sei ehrlich zu dir und du wirst mit deiner Reaktion auf diese Aussagen leicht herausfinden, ob die Glamour-Welt der Stars eine wirkliche Heimat für dich sein kann. Prüfe, inwieweit du sagst: a) Ja, stimmt total, b) Na ja, stimmt manchmal, c) Nein, das ist bei mir nicht so.

1. ***Es fällt mir leicht, wenn ich alleine unterwegs bin, Leute kennenzulernen.*** *Ja* *Na ja* *Nein*

2. ***Ich finde es besser, wenn zum Beispiel meine Freundin das Referat vorträgt, das wir zusammen vorbereitet haben.*** *Ja* *Na ja* *Nein*

3. ***Es berührt mich nicht persönlich, wenn andere rumschreien und miese Laune verbreiten.*** *Ja* *Na ja* *Nein*

4. ***Ich bin schon einige Male als „Neue" in bestehende Gruppen gegangen, zum Beispiel in den neuen Sportverein, die neue Klasse, den Ferienjob.*** *Ja* *Na ja* *Nein*

5. ***Ich genieße es, wenn ich im Fokus der Aufmerksamkeit stehe.*** *Ja* *Na ja* *Nein*

6. ***Ich mache oft Dinge, bei denen ich ein Publikum habe: Sportaufführung, Wettkampf, Theatergruppe, Modeln bei meinem Friseur etc.*** *Ja* *Na ja* *Nein*

7. ***Das bisschen Lampenfieber, das ich habe, macht mich richtig gut.*** *Ja* *Na ja* *Nein*

8. Ehrlich gesagt, fühle ich mich ziemlich einsam, wenn ich neu in eine bestehende Gruppe reinkomme.

Ja Na ja Nein

9. Wenn ich ständig kritisiert werde, perlt das an mir ab. Ich denke mir dann „bist selber doof".

Ja Na ja Nein

10. Bis jetzt habe ich noch nirgends auf einer Bühne gestanden, weder in der Schule noch in meiner Freizeit.

Ja Na ja Nein

11. In anderen Sprachen sprechen, selbst wenn ich es nicht so gut kann, ist kein Problem für mich: Ich komme überall klar in der Welt.

Ja Na ja Nein

12. Wenn andere ständig an mir und meiner Frisur oder meiner Figur rummosern, macht mich das ganz schön fertig.

Ja Na ja Nein

Deine Antworten kannst du so auswerten und interpretieren:
Kontaktfreude: *Dein Ja bei Aussage 1 und 11 und dein Nein bei Aussage 8 zeigen, dass du kontaktfreudig bist. Eine wichtige Voraussetzung für den Start in einen Glamour-Traumjob und auch dafür, darin glücklich zu sein, jeden Tag andere Leute um dich zu haben.*
Emotionale Stabilität: *Dein Ja bei Aussage 3 und 9, dein Nein bei 12 zeigen, dass es gut mit deiner emotionalen Stabilität aussieht: An einer Karriere im Glamour-Traumjob nicht zu zerbrechen, schaffst du nur, wenn du nicht zu sensibel bist.*

Aufmerksamkeit: *Dein Ja bei Aussage 5 und 7, dein Nein bei 2 zeigen, dass du es genießt, wenn der Scheinwerfer auf dich leuchtet: Um dich im Glamour-Traumjob wohlzufühlen, sollte es für dich tolerierbar sein, dass sich Menschen für deine Zahnpflege und deine Schweißperlen beim morgendlichen Joggen interessieren.*
Verhalten: *Dein Ja bei Aussage 4 und 6, dein Nein bei 10 zeigen, dass du es tatsächlich in kleinen Schritten getan hast, was den großen Schritt möglich macht und die Glamour-Welt ist möglicherweise etwas für dich. Zugegeben, der Aspekt „Verhalten" ist der eingebaute „Besser-nicht-schummeln-Test": Wenn du bis hierher die Idee hattest, „klaro, ich bin die Richtige für das Glamour-Leben", und nun feststellst, „hm, eigentlich habe ich mich bisher noch nie in den Mittelpunkt gestellt", dann ist das wohl so. Aber: Das ist doch okay!* ***Es gibt tausend Zukunftsentwürfe, in denen du eine passende Heimat für deine spezielle Persönlichkeit findest und deine ganz eigenen Talente nutzen kannst.***

Kinder oder Küche oder Karriere

Auch wenn es dich gerade voll annervt, dass du es tun musst: Für dich als Mädchen ist es heute völlig normal, dass du zur Schule gehst, eine Ausbildung machst und vielleicht sogar eines Tages studierst. Doch es ist noch gar nicht so lange her, da war es nicht üblich, dass Frauen eine Schulausbildung genossen, geschweige denn, einen Beruf ausüben durften. Noch bis Mitte des letzten Jahrhunderts gab es eine klassische Arbeitsteilung zwischen Männern und Frauen: Völlig normal war, dass die Frau sich zu Hause um Kinder und Küche kümmerte, während der Mann seinem Beruf nachging und Geld nach Hause brachte. Du kannst dir vorstellen, wer wirtschaftlich so abhängig ist, wird auch gesellschaftlich weniger anerkannt. Und noch schlimmer: Frauen galten auch juristisch als nicht handlungsfähig, durften nicht wählen gehen oder den Führerschein machen. In heutigen Zeiten, wo überall immer mehr weibliche Führungskräfte agieren – Bundeskanzlerin, Managerin, Schulleiterin –, kannst du dir das sicher kaum vorstellen! Doch höre und schaue mal genau hin: Auch heute begegnen dir mancherorts Rollenklischees, beispielsweise wenn arbeitende Mütter als Rabenmütter bezeichnet werden oder wenn ein Vater, der seinem Kind zuliebe Karriereeinbußen hinnimmt, als Weichei beschimpft wird ...

Traditionellerweise nämlich werden Frauen „reproduktive" Tätigkeiten zugeschrieben, also das Erziehen und Betreuen von Kindern, die Pflege von Alten und Kranken, das Bereitstellen von Nahrung. Männer sind in diesem Bild dagegen für die „produktiven" Tätigkeiten wie Bauen, Planen oder Geschäfte zuständig. Diese „steinzeitliche" Arbeitsteilung – Frauen in der Hütte, Männer auf der Jagd – der patriarchalisch strukturierten Gesellschaft wurde erst durch die Frauenbewegung des letzten Jahrhunderts infrage gestellt. Denn wer sagt, dass Frauen keine Flugzeuge fliegen oder Mauern setzen können? Wer sagt, dass Männer keine Kinder erziehen oder Kranke pflegen können?

Heute sind Berufe wie Pilotin, Kapitänin, Soldatin oder Rennfahrerin selbstverständlich – wenn es auch umgekehrt wenig Kindergärtner, Krankenpfleger oder Grundschullehrer gibt. **Die traditionellen Geschlechterrollen befinden sich in der Auflösung,** der Prozess ist noch lange nicht abgeschlossen. Frauen gelten heute zwar vor dem Gesetz als gleichberechtigt, tatsächlich aber sind sie in vielen Berufen trotz gleicher Ausbildung und Voraussetzung schlechter bezahlt als Männer. Unsere Gesellschaft muss sich erst daran gewöhnen, dass Frauen gut sind, eben auch oft genau darum, *weil* sie Frauen sind.

Warum dieser Erkenntnisprozess so schwierig ist – das wäre ein anderes Buch. Festzuhalten bleibt, dass Mädchen inzwischen fast alle – auch die ehemals den Männern vorbehaltenen Berufe – zur Verfügung stehen. Nutze diese Gelegenheit, du hast die größte Auswahl aller Zeiten! Weil uns prägt, was wir in unserer Familie erlebt haben, kennt die eine oder andere es vielleicht nicht anders, als dass die Mutter für die Kinder zu Hause bleibt und der Vater für das Geldverdienen zuständig ist. Das kann ein Weg sein, wie Familie organisiert ist. Heute gibt es jedoch auch viele andere Möglichkeiten, zum Beispiel, dass der Vater bei den Kindern zu Hause bleibt, oder eben auch, dass beide Elternteile sich Erziehungs- und Erwerbsarbeit teilen.

Natürlich sollst du dich jetzt noch nicht dafür entscheiden, ob und wann du eines Tages Kinder haben willst. Und schon gar nicht solltest du deinen künftigen Beruf nur danach aussuchen, ob er familienkompatibel ist, und dich dadurch in deiner Berufswahl einschränken lassen. **Dein Beruf muss zu dir passen, dir Spaß machen und Erfüllung bringen, dann findet sich der Rest von alleine.** Frag doch mal die Mütter deiner Freundinnen, wie das bei denen so war

Rollenbilder deines Umfelds – frag mal nach!

Wie ist das in deiner Familie, bei den Eltern in deinem Freundeskreis? Wie war es bei deinen Großeltern? Mit diesen Fragen kannst du herausfinden, welche Rollenbilder du bisher erlebt hast und wie sie dich prägen!

Wer hat in deiner Familie wie gearbeitet?

....

....

Welche Gemeinsamkeiten erkennst du zwischen den Männern bzw. den Frauen der verschiedenen Generationen?

....

....

und wie es für sie heute läuft. Immer noch wählen Mädchen leider zum großen Teil typische Frauenberufe: Medizinische Fachangestellte, Friseurin oder Kauffrau im Einzelhandel sind sicher ehrenhafte Berufe, aber ihre Entwicklungs- und Verdienstmöglichkeiten sind derart eingeschränkt, dass mancher sie als Sackgassenberufe bezeichnet. Viele Berufsanfängerinnen argumentieren damit, dass sie mit diesen Jobs flexibler seien, doch das Gegenteil ist der Fall. Gerade Pflegeberufe verlangen einen hohen Einsatz und haben keine geregelten Arbeitszeiten. Technische Berufe dagegen werden von Mädchen kaum gewählt. Hinzu kommt, dass in Berufsberatungsgesprächen „Männerberufe" oft von vornherein ausgeklammert werden. Außerdem hält sich immer noch hartnäckig das Gerücht, Mädchen hätten es in technischen Berufen schwer. Aber warum? Weil man sich nicht vorstellen kann, dass Mädchen etwas von Computern verstehen oder als Ingenieurin eine Baustelle leiten können? Lass dich nicht irritieren! Finde heraus, was zu dir

Welche Unterschiede gibt es? Wer macht es ganz anders oder hat es anders gemacht und welchen Erfolg hatte das?

....

....

Welche verschiedenen Modelle, Familie und Beruf zu leben, kennst du von Freunden, Nachbarn, Lehrern?

....

....

....

....

Möglichkeiten zu kennen, ist der beste Weg, eine Entscheidung zu treffen, wenn es für dich einmal so weit ist.

passt, und verfolge dein Ziel! Kann sein, dass du dir als Frau im Physikstudium oft allein vorkommst. Egal, zeig, was du draufhast. Kann sein, dass man dich auf der Baustelle als Elektrikerin erst mal schief anguckt. Kein Problem, schnell wirst du deinen männlichen Kollegen beweisen, dass auch du weißt, wie man einen Stromkreis richtig schaltet! Kann sein, dass mancher Chef dir als Projektleiterin nicht zutrauen will, ein großes Team zu führen. Dann entwickle deinen persönlichen Führungsstil und zeige ihm, dass seine Vorbehalte von vorgestern sind. **Du musst nicht besser sein, um dich als Frau zu beweisen. Sei einfach nur du selbst** (und nutze deine Schokoladenseiten!).

Mehr als der kleine Unterschied?

Ganz klar, es gibt Unterschiede zwischen Männern und Frauen … Die wollen wir auch nicht wegschreiben. Männer haben im Allgemeinen zum Beispiel ein besseres räumliches Vorstellungsvermögen, Frauen zum Beispiel eine höhere Sprachkompetenz. Wenn du dich fragst, wie das denn festgestellt wird, kommst du der Sache auf die Spur: Bei solchen Aussagen geht es um Statistik und Durchschnittswerte! Wenn also 100 Männer und 100 Frauen einen Intelligenztest absolvieren, dann schneiden eben mehr dieser Männer gut in den Würfeldrehaufgaben ab und mehr der Frauen erreichen eine höhere Punktzahl in den Fragen zur Bedeutung von Sprichwörtern. Trotzdem können eine oder mehrere Frauen darunter sein, die beim geistigen Würfelrotieren besser sind als all die Männer. Es steckt die gleiche Logik dahinter, wie wenn man zu Recht sagt, dass Männer im Allgemeinen größer und schwerer sind als Frauen. Und trotzdem gibt es große und schwere Frauen ebenso wie kleine und leichte Männer.

Rein in die Klischeekiste …

„Ein schreiender Mann hat eine Meinung. Brüllt ein Mann, ist er dynamisch, brüllt eine Frau, ist sie hysterisch", sagte Hildegard Knef, eine Schauspielerin und Sängerin aus der Zeit deiner Großeltern. Gilt das für dich auch noch heute? Wie stark du in traditionellen Bildern denkst, zeigt sich hier. Entscheide spontan und aus dem Bauch! Umschiffe die Falle, „sozial erwünscht" zu antworten, das heißt, was du meinst, wie du antworten solltest, um ein bestimmtes Bild von dir zu vermitteln. Stimmst du den Aussagen zu oder sagst du „Nein, wieso das denn"? Ein guter Indikator dafür, dass du nicht einverstanden bist, ist, wenn dich ein Satz zunächst verblüfft, nach dem Motto „Wie kann jemand so etwas behaupten?!".

1. *Wenn sich ein Kind verletzt hat, braucht es seine Mutter!*
2. *Beim Kauf eines elektronischen Geräts spreche ich lieber den männlichen Verkäufer an.*
3. *Ein Arzt ist im Zweifelsfall kompetenter als eine Ärztin.*
4. *Ein Mann sollte immer etwas intelligenter sein als seine Ehefrau.*
5. *Frauen können besser kochen als Männer.*
6. *Eine Frau sollte sich den Beruf danach auswählen, ob sie darin Teilzeit arbeiten kann.*
7. *Ein Arzt, der eine Krankenschwester heiratet, ist normal, eine Managerin, die einen Sachbearbeiter heiratet, ist nicht ganz dicht.*
8. *Es ist natürlich, dass Frauen bei ihren Zielen zurückstecken und Männer ihre Ziele verfolgen.*
9. *Am Computer kennen sich Jungs generell einfach besser aus als Mädchen.*
10. *Wenn ich als Chef die Wahl hätte, würde ich einen Mann einstellen, denn die Frauen bleiben sowieso, nachdem sie Kinder bekommen haben, zu Hause.*

Hast du mindestens 8-mal zugestimmt? *Die Rollenklischees haben dich ziemlich in den Fängen. Prüfe, woher du diese Bilder hast, und schau, ob du sie durch Kennenlernen von Menschen, die Dinge anders machen als die Masse, differenzierter betrachten kannst.*

Hast du etwa 3- bis 7-mal zugestimmt? *Prüfe nach, ob du dies bei verwandten Aussagen getan hast, zum Beispiel solchen, die alle Familie/Haushalt (1, 5, 10), Kompetenz (2, 3, 4, 9) oder Status (6, 7, 8) betreffen. Prüfe, woher die Unterschiede zu den Bereichen stammen, in denen du Rollenklischees nicht aufsitzt.*

Hast du nur maximal 2-mal zugestimmt? *Du bist – vielleicht aufgrund vielfältiger Kontakte und Erfahrungen mit Frauen und Männern, die Rollen unterschiedlich oder flexibel leben – recht immun gegenüber Rollenklischees. Denn alle hier zusammengetragenen Aussagen sind Meinungen und Vorlieben, die stark von dem geprägt sind, was uns vorgelebt wird – keine der zehn Aussagen ist fundiert oder „wahr".*

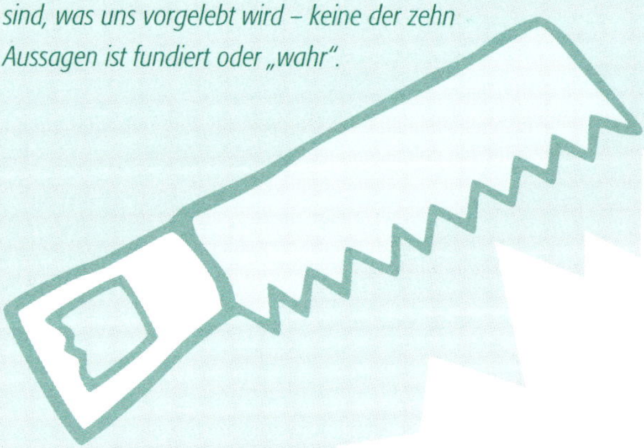

In der Ausbildung sind die Rollen klassisch verteilt

Das Statistische Bundesamt hat es schwarz auf weiß: Mädchen und auch Jungs suchen sich vorwiegend traditionell weibliche bzw. traditionell männliche Ausbildungsberufe aus. Die Liste der zwölf meistgewählten Ausbildungsberufe der Mädchen in den letzten Jahren:

Bankkauffrau, Fachverkäuferin im Lebensmittelhandwerk, Friseurin, Hotelfachfrau, Industriekauffrau, Kauffrau für Bürokommunikation, Kauffrau im Einzelhandel, Kauffrau im Groß- und Außenhandel, Medizinische Fachangestellte, Verkäuferin, Zahnmedizinische Fachangestellte.

Die Top 12 der Jungs dagegen sind:

Anlagenmechaniker für Sanitär-, Heizungs- und Klimatechnik, Elektroniker für Energie- und Gebäudetechnik, Industriekaufmann, Industriemechaniker, Kaufmann im Einzelhandel, Kaufmann im Groß- und Außenhandel, Koch, Kraftfahrzeugmechatroniker, Maler und Lackierer, Mechatroniker, Metallbauer, Tischler.

Checke deinen Weibchenfaktor!

Folgende Fragen können dir aufzeigen, wie du von anderen wahrgenommen wirst. Es ist dabei völlig okay, als Mädchen weibliche Verhaltensweisen zu zeigen, genau wie Jungs auch weibliches Verhalten zeigen dürfen. Schließlich braucht heute keiner mehr das Klischee von den in Ohnmacht fallenden „Frolleins" oder den ledergegerbten Cowboys. Hier findest du Hinweise darauf, was ein eher als weiblich oder männlich geltendes Verhalten ausmacht.

Ich rede im Allgemeinen …

- *eher leise*
- *eher laut*

Um etwas zu betonen …

- *spreche ich mehr*
- *fasse ich andere an*

Auf Widerworte reagiere ich oft …

- *emotional*
- *sachlich kühl*

Wenn ich schlimme Geschichten höre …

- *fühle ich mit*
- *analysiere ich*

Meine Hände sind beim Reden …

- *nahe bei mir*
- *oft im „Feld" des anderen*

Meine Beine sind unter dem Tisch …

- *unter mir*
- *raumgreifend ausgestreckt*

Ich sage oft …

- *könntest du mir …*
- *gib mir!*

Ich sage oft …

- *man müsste mal*
- *los, mach jetzt mal*

Wenn ich verlegen bin …

- *greife ich mir ins Haar*
- *schaue ich unter mich*

Häufig zeige ich Gefühle von …

- *Trauer, Scham, Angst*
- *Ärger, Wut, Empörung*

Wenn es mir schlecht geht …

- *rede ich mit Freundinnen*
- *behalte ich es für mich*

Wenn ich Erfolg in der Schule habe …

- *war's 'ne leichte Aufgabe*
- *war ich echt super*

Wenn ich eine Arbeit verhaue …

- *lag's an mir*
- *lag's an der Aufgabe*

Ich will, dass andere mich …

- *nett finden*
- *kompetent finden*

Die erste Spalte zeigt jeweils in unserer Kultur stärker mit Weiblichkeit in Verbindung gebrachtes Verhalten oder typisch weibliche Reaktionen. Diese drehen sich rund um Sprache und Körpersprache, Bestimmtheit im Auftreten, Erfolgszuschreibung und Umgang mit Gefühlen. Hast du öfter mal den Eindruck, du wirst als Weibchen abgetan, probier doch einfach andere Verhaltensweisen aus und sammle Erfahrungen damit!

Grandiose Frauenzeiten?

Gratuliere, du lebst in Zeiten, in denen Frauen nicht nur einen vergleichbar guten Job wie die Männer machen, sondern auch die Bastionen bröckeln und …

- Angela Merkel die erste deutsche Bundeskanzlerin ist.
- Hillary Clinton Aussichten darauf hat, die erste amerikanische Präsidentin zu werden.
- Christiane Nüsslein-Volhard als erste deutsche Wissenschaftlerin den Nobelpreis für Medizin erhielt.
- Regina Halmich zwölf Jahre ungeschlagene Box-Weltmeisterin im Fliegengewicht ist.
- Die deutsche Frauenfußballnationalmannschaft die WM 2006 gewonnen hat.

Es gibt sehr gute Frauen in allen Feldern. Dazu gehören natürlich auch die Hausfrauen und Mütter, die, wie eine Werbung es mal auf den Punkt gebracht hat, „sehr erfolgreich ein kleines Familienunternehmen führen".

WELLE 1

Prima, jetzt bist du schon ein ganzes Stück geschwommen, hast aufmerksam die Wellen beobachtet und festgestellt, uuups, dahinten ist eine Sandbank, da pass ich besser mal auf. Und die Strömungen dort gefallen mir auch nicht, da paddel ich lieber schnell weg. Du hast bereits einige Wellen ausprobiert und inzwischen herausgefunden, welche davon zu dir passen könnten und welche nicht. Dieses Gefühl zu wissen, wo deine persönlichen Fähigkeiten und Talente liegen, macht dich stark.

Die wichtigsten Merker zum Stolzsein und Berufungspüren:

1. Kenne dein Kapital, deine Talente und Fähigkeiten – wer sich kennt, kann sich vermarkten!
2. Schätze deine Schwächen – in ihnen steckt immer auch eine Stärke.
3. Forsche nach der Sehnsucht, die hinter deinen Hobbys schlummert.
4. Lass dir nichts einreden: Du bist kreativ, du bist es auf deine Weise!
5. Kenne deine bevorzugten Rollen in Clique, Klasse und Familie, sie werden dir auch einmal im Berufsleben „zufliegen".
6. Wähle Vorbilder, die dir guttun … und wenn du sie kennst, tu was!
7. Unterscheide ehrlich für dich: Sind Glamour und Co. ein süßer Traum oder dein Traumberuf?
8. So viele Frauen, so viele Lebenswege: Interessiere dich und finde deinen eigenen!
9. Wir alle tappen mal in die Klischeekiste – sei wachsam und prüfe, was dran ist, und suche aktiv nach Frauen, die es anders machen.
10. Keine Panik vor dem Vorwurf „Mannweib": Weiblich sein und manchmal gezielt jungenhaft auftreten, sind keine Widersprüche, sondern ist in manchen Situationen ziemlich clever.

II. Wie aus Berufung ein Beruf wird

Zu wissen, dass du ziemlich gut in Mathe oder in einer Fremdsprache bist, ein kommunikativer Typ oder eine Einzelgängerin, ist eine Sache. Aber was machst du nun zum Beispiel mit deiner Leidenschaft für komplizierte Konstruktionen? Wie kannst du nutzen, dass du so einfühlsam mit Menschen umgehen kannst? Welcher Beruf kommt für dich infrage, wenn du lieber still und alleine vor dich hin werkelst? Wo kannst du deine tollen Talente voll entfalten?

Zusätzlich zu deinen Talenten brauchst du eine Ausstattung, die dir die entsprechenden Türen öffnet. Dazu gehören: deine Fähigkeit zu lernen, ein gutes Allgemeinwissen und deine sprachliche Ausdrucksfähigkeit sowie dein Umgang mit anderen.

Bevor du nämlich in deinem Traumberuf durchstarten kannst, brauchst du einen entsprechenden Abschluss. Dazu gehören bestimmte Voraussetzungen wie Ausbildung oder Studium, die du kennen solltest, auch was Vorlaufzeiten und Fristen angeht. Im Folgenden liest du deshalb, was alles zum Rüstzeug gehört, damit du aus deiner Berufung tatsächlich deinen Beruf machen kannst. Oder anders gesagt: In diesem Kapitel erfährst du, was alles zu deiner Wellenreiterin-Ausrüstung dazugehört, die du zusammenpacken solltest, um auf die nächsten, noch höheren Wellen erfolgreich aufzuspringen.

BILDUNG ALS CHANCE – DU BIST, WAS DU WEISST!

Kleiner Trost vorab: Diese Sache mit dem Lernen hört nie auf. Zumindest dann nicht, wenn du vorhast, aus deinem Leben etwas zu machen (und genau deswegen liest du ja dieses Buch). Denn **lernen heißt, dein Kapital vermehren.** Die Welt dreht sich weiter, und wo du heute denkst „ich kann eigentlich alles, was ich brauche", kommt morgen ein neues Computerprogramm, ein neues Handy, eine neue wissenschaftliche Erkenntnis um die Ecke und will deinen Wissenspool erweitern. Du kannst dir vorstellen, wie es deinen Eltern heute gehen würde, wenn sie in deinem Alter beschlossen hätten: „Also, diese Computer, die sind nichts für uns, das werden wir in unserem Arbeitsleben nie brauchen." Flaute im Job, ziemliche Loser in den Augen ihrer Kinder und im 21. Jahrhundert fast lebensuntüchtig … Öffnungszeiten recherchieren, Kinokarten reservieren, Preise vergleichen – nichts davon würden sie schnell und problemlos hinkriegen. Also verweigere dich nicht und nutze deine Möglichkeiten. Stell dich lieber rechtzeitig darauf ein, auch für dich wird die Zukunft etwas bringen, was du heute rundheraus ablehnst. Vielleicht die Aufforderung, ein Jahr deiner Schulzeit im Ausland zu verbringen. Vielleicht die Anforderung deines Arbeitgebers, dass du auch als Technikerin unter dem Stichwort „Corporate Social Responsibility" soziale Aufgaben in der Gemeinde übernimmst. Vielleicht die Situation, dass du für ein ausreichendes Einkommen ebenso wie dein Mann Vollzeit arbeiten musst, und das Ganze mit Familie, versteht sich.

An den Fortschritt glauben, fällt nicht immer leicht, wie folgende Zitate belegen:
„Es ist alles erfunden, was erfunden werden kann", sagte Charles H. Duell, Leiter des amerikanischen Patentamtes 1899. Aus einem Lehrbuch von 1905 über die Funkentelegrafie: „… die Sendeleistungen könnten noch erhöht werden, eine Verbesserung der Empfangsgeräte erscheint dagegen aussichtslos." „Ich denke, es gibt weltweit einen Markt für vielleicht fünf Computer", behauptete 1943 Thomas Watson, Vorsitzender von IBM. Und: „Es gibt nicht den geringsten Grund für eine Privatperson, einen Computer daheim zu haben" sagte Ken Olson, Gründer der Computerfirma Digital Equipment im Jahr 1977, als die Konkurrenz Bausätze für private Homecomputer auf den Markt brachte.

Wissen ist Macht …

… ich weiß nix, macht nix?! Von wegen! Egal, für welchen Beruf du dich mal entscheidest und welche Ziele du damit verfolgst, Wissen ist wichtig. Ganz einfach deshalb, weil du dann mehr vom Leben hast: **Es macht immer Spaß, wenn du mehr weißt als die anderen.** Das verschafft dir nicht nur Lob und Anerkennung bei deinen Mitmenschen, sondern verleiht dir selbst Sicherheit und Kompetenz, weil du den Durchblick hast und mitreden kannst. Informiere dich durch die Medien – Tageszeitung, Internet – über das aktuelle Tagesgeschehen, schaue Quizsendungen. Verfolge aufmerksam brandheiße Diskussionen beispielsweise zum Thema Klimawandel oder Arbeitslosigkeit und lege dir ein gesichertes Wissen an Fakten zu. Wenn du weißt, was abgeht, können andere nicht über dich bestimmen!

Du kannst dir Zahlen partout nicht merken? Dann liegt deine Stärke vielleicht im Zitieren von Beispielen. In vielen Vorstellungsgesprächen oder Einstellungstests wird gerne Allgemeinwissen abgefragt und nichts beeindruckt Menschen so, als wenn du sagen kannst: „Albert Einstein hat den Nobelpreis für Physik für seine Erklärung des fotoelektrischen Effekts erhalten, nicht für seine Relativitätstheorie …" Oder du lässt einfließen, dass du am Wochenende einen interessanten Artikel darüber gelesen hast, warum alle weißen mitteleuropäischen Babys blaue Augen haben (weil die Farbpigmente als unwichtigstes Merkmal der Augen erst nach der Geburt ausgebildet werden). Auch wenn du ein außergewöhnliches Hobby hast oder dich für ein Nischenthema besonders interessierst, kannst du mit deinem Spezialwissen glänzen. Sprich einfach über das, was dich beschäftigt, tausche dich mit deinen Freundinnen, Eltern, Bekannten aus. So erfährst du viele spannende Neuigkeiten und Wissenswertes, was dein Leben bereichert. Zeige Begeisterung und Leidenschaft! **Nichts ist schlimmer als Langeweiler, die sich für nichts interessieren.** Mache alles, was du tust, aus vollem Herzen und lass andere daran teilhaben.

Buchtipp: Die Reihe „Allgemeinbildung – Das muss man wissen" aus dem Arena Verlag mit verschiedenen Themengebieten zu den Bereichen Kultur, Weltgeschichte, Weltliteratur, Große Persönlichkeiten oder Naturwissenschaften.

Lernen – Lust oder Leid?

Auch wenn das Thema Lernen in der Schule nervt, wir Menschen sind „natürlich" auf Lernen programmiert. Wir können gar nicht anders! Kleine Kinder lernen alle neunzig Minuten ein neues Wort – ganz ohne Verbissenheit, Karteikarte, Vokabeltest und Benotung. Wenn wir es hinkriegen, dass Lernen spielerisch, mit Spaß (die Wissenschaftler sagen dazu mit „positiven Emotionen") passiert, können wir uns sehr viel Wissen aneignen. Es ist nämlich so: Fast alles, was wir wissen, lernen wir nicht bewusst, aber wir können es, weil es uns Spaß macht. Aber Achtung: In jedem Organismus (und so einer sind wir Menschen genau so wie eine Sonnenblume, eine Amöbe oder eine Amsel) heißt lernen immer Veränderung, weil etwas Neues zum dem bereits Vorhandenen hinzukommt. Ähnlich wie aus einem Steckling – der in der Erde wurzelt und dem nach und nach einzelne Triebe wachsen, aus denen dann Blätter und neue Zweige mit wiederum neuen Trieben hervorwachsen – über Jahre hinweg ein stark verästelter Baum entsteht. Wenn du etwas Neues lernst, muss sich in dir etwas verändern, etwa so, wie wenn sich beim Puzzeln das Bild verändert, wenn du ein Teil hinzufügst. Kinder haben vor dieser Veränderung keine Angst, aber für ältere Menschen (gerade für manche der Eltern und Lehrer, die sich auch gar nichts Neues sagen lassen wollen) könnte wohl die folgende Warnung auf jedem Buch stehen: „Achtung, lernen ist ein Risiko für Ihre Identität!"

Bist du bereit, etwas über dich dazuzulernen? Gehst du das Risiko ein, danach Dinge anders zu sehen und anders zu tun? Nun, wenn du dieses Buch bis hierher gelesen hast, kannst du das von dir sicher behaupten! Freu dich auf neue wissenschaftliche Erkenntnisse über dein Gehirn und wie es lernt. Mache dich bereit dafür, nach dem Lesen der folgenden wissenschaftlichen Erkenntnisse morgen einige Dinge anders zu tun! (Remember: Lernen geht nicht ohne Veränderung.)

1. Erkenntnis: **Gelernt wird, was neuartig und bedeutsam ist.** Trauriges Beispiel: Wo wir am 11. September 2001 waren, wissen wir alle, aber wo waren wir denn am 10. September?
2. Erkenntnis: **Lernen geht besser, wenn du aufmerksam bist.** Die Aufmerksamkeit sinkt nach 40 Minuten rapide ab. Daher sind Mammutpaukveranstaltungen ohne Pause für das Hirn wenig hilfreiche Lernzeit.
3. Erkenntnis: **Lernen mit Bewegung verankert doppelt** – es werden zwei Gehirngebiete aktiviert und verknüpft. Und oft kommt mit der Bewegung die Erinnerung an das Gelernte ganz easy zurück. Zum Beispiel wenn du Vokabeln lernst und das Wort nennst und dazu klatschst. Oder indem du das, was du sagst, gleichzeitig tust („I tucked my books away"). Vielleicht kennst du auch das: Du versuchst, dich an den Namen einer Stadt zu erinnern, und suchst zunächst die Wortmelodie … es war so wie laa-la-la. Schnell findest du das Wort: Kandahar, weil dich die Melodie hingeführt hat.
4. Erkenntnis: **Lernen bedeutet, im Gehirn Bahnen legen und verdicken.** Wissen ist nichts anderes als Verbindungsstärke. Wenn du eine Erfahrung einige Male machst, so lernt dein Gehirn sicher „auf a folgt b", zum Beispiel „von Zwiebeln (a) wird mir schlecht (b)". Genauso funktioniert das Lernen von Vokabeln: Die Verbindung zwischen dem deutschen Wort „Bücherei" und dem englischen Wort „library" wird gelegt und durch wiederholten Gebrauch immer dicker … So wird aus einem Trampelpfad eine zweispurige Schnellstraße!

5. Erkenntnis: **„Emotionale Beteiligung" fördert das Lernen** – mit Spannung dabei sein, hilft beim Pauken! Ein bewegendes Thema, zum Beispiel eine Geschichte, in der einem Jugendlichen etwas Schlimmes passiert, wird besser behalten als eine neutrale Geschichte. Aber auch ein Thema „bewegend" vorgetragen bekommen, hilft, es zu speichern: Wenn du kleinen Kindern vorliest, dass jemand die Stirn runzelt, machen sie das automatisch nach. Sie versetzen sich so körperlich in die geschilderte Lage, verstehen die Geschichte besser und erinnern sie aktiver.
6. Erkenntnis: **Angst hilft gar nicht beim Lernen.** Große Angst sorgt zwar dafür, dass du schnell etwas lernst (Reiz: Löwe, Reaktion: Rennen). Allgemein verhindert Angst die Verknüpfung von neuem zu altem Wissen und das ist es, worauf es beim Wissenserwerb ankommt. Das sollten auch deine Eltern wissen, wenn sie dir drohen, dass du bei einer nächsten Fünf mit dem Schlimmsten rechnen musst …
7. Erkenntnis: **Dein Gehirn ist, was du tust!** Es wächst wie ein trainierter Muskel! Das Gehirn Londoner Taxifahrer, die sich in einer Riesenstadt orientieren müssen, hat eine vergrößerte Struktur, die für Orientierung zuständig ist. (Ob sich das Gehirn von Talkshow-Dauerglotzern vergrößert, ist noch nicht erforscht …)
8. Erkenntnis: **Schlaf hilft lernen.** Mit sogenannten „Bild gebenden Verfahren" ist es sichtbar: Lernst du am Tag etwas (auf Ebene deines Gehirns heißt das: Nervenzellen feuern ihre Signale ab), feuern im Tiefschlaf die gleichen Nervenzellen weiter und knüpfen die Verbindungen dicker, als wollten sie sicherstellen, dass sie tagsüber nicht umsonst gearbeitet haben.

Was hast du dazugelernt? Schau mal auf dein persönliches Lernverhalten und prüfe, was du aus diesen Erkenntnissen für dich mitnehmen kannst: mehr schlafen, weniger fernsehen, mehr bewegen …

Zellen, verknüpft euch!

Hier findest du praktische Tipps zum Lernen. Probiere sie aus!

- **Mach die Dinge bedeutsam** – stelle Verbindungen her, suche nach Zusammenhängen: Suche in bekanntem Stoff neue Ideen oder Anwendungsgebiete („Für welche Prozesse wäre es hilfreich, ein neuartiges Enzym zu entdecken?“, „Welche Eigenschaften müsste Wasserstoff haben, um noch besser für Antriebstechnologie nutzbar zu sein?“).

- **Frage dich selbst nach Gemeinsamkeiten und Unterschieden,** um dir Fakten zu merken („Was hatten die griechische und römische Kultur gemeinsam?“, „Wie unterscheidet sich das deutsche Grundgesetz von dem entsprechenden Gesetz in der Schweiz?“).

- **Sorge für Spannung,** mach dir selbst Themen interessant: Verfolge einen Weg bei der Recherche, spinne ein wenig im „Was wäre, wenn?“. („Wenn ich Alzheimerforscherin wäre, wie würde ich die Krankheit Schülern erklären?“)

- **Prüfe, wie du Informationen typischerweise am besten aufnimmst,** mit den Augen, mit den Ohren oder durch Fühlen oder Tun. In unserem Buch „Schmetterlingsflügel für dich“ findest du Hinweise, wie du diesem Sinn entsprechend gut lernen kannst.

- **Bewege dich beim Vokabelnlernen:** Bei Verben kannst du gleichzeitig reden und tun. Leg etwas auf einen Schrank und sage laut „poser – je pose, tu poses …“ oder mach gleich einen Spaziergang und frag dich beim Laufen selbst ab.

- **Stelle dir eine Uhr,** lege nach 45 Minuten eine Pause von 5 bis 10 Minuten ein.

- **Sprich mit deinen Eltern, wenn lernen für dich angstbesetzt ist,** was sie tun können, damit du positiver an das Lernen gehen kannst, denn sie dürfen auch etwas aus diesem Buch lernen.

Zum Lernen gehört, dich zu konzentrieren. Und das ist nicht immer so einfach. Zu viele Dinge gibt es, die dich ablenken: Musik, Straßenlärm, Menschen oder auch Gerüche. Wenn du etwas lernen oder deine Hausaufgaben machen willst, musst du entsprechend auch für eine Lernatmosphäre sorgen. Das machst du am besten, indem du dich und deine Umgebung gut vorbereitest, alle Störungen ausschaltest und dich nach jedem Lernpaket zumindest kurz belohnst. Tipps findest du auf Seite 86.

Körper fit – Hirn fit!

Probiere eine der folgenden Übungen aus – sie erfrischen und bringen dir Entspannung und deinem Hirn wieder neue Energie:

Überkreuzbewegungen: *Stell dich hin, bring dein linkes Knie an deinen rechten Ellenbogen, dann rechtes Knie an linken Ellenbogen, etwa 12-mal jede Seite. Was macht's? Schaltet beide Hirnhälften ein, steigert die Aufnahmefähigkeit und die Rechts-Links-Koordination.*

Liegende Acht: *Male mit deinem rechten Arm etwa 12-mal eine liegende Acht in die Luft vor dir – verfolge dabei deine Hand mit den Augen – danach genauso mit links. Wozu? Fördert das Leseverständnis und entspannt die Augen.*

Gehirnknöpfe: *Rubbel mit Daumen und Zeigefinger die Kuhlen unter dem Schlüsselbein rechts und links des Brustbeins, während die andere Hand unterhalb des Bauchnabels ruht. Nach 20 bis 30 Sekunden die Hand wechseln. Wozu? Das aktiviert das Versenden der Informationen zwischen den Hirnhälften und erhöht Konzentration und Energieniveau.*

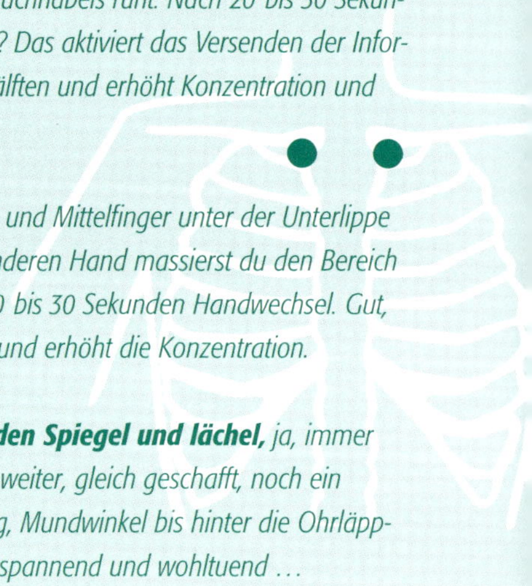

Erdknöpfe: *Rubbel mit Zeige- und Mittelfinger unter der Unterlippe quer über das Kinn. Mit der anderen Hand massierst du den Bereich unterhalb des Nabels. Nach 20 bis 30 Sekunden Handwechsel. Gut, um die Augen zu fokussieren, und erhöht die Konzentration.*

Stell dich eine Minute vor den Spiegel und lächel, *ja, immer weiter, nicht aufgeben, weiter, weiter, gleich geschafft, noch ein wenig lächeln, hihi, es ist witzig, Mundwinkel bis hinter die Ohrläppchen, ja doch … Wirkung: entspannend und wohltuend …*

Multitasking – eine Illusion des 21. Jahrhunderts …
Hirnforscher haben das leider, leider rausgefunden! Schade, da waren wir Frauen so stolz darauf, dass wir gleichzeitig Fußnägel lackieren, SMS schreiben und Nachrichten schauen können … Und jetzt die Erkenntnis: Wenn wir eine zusätzliche Sache tun, schaltet das Hirn die Kapazität von der ersten Aufgabe runter, das kann man sogar in modernen Aufnahmen des Gehirns sehen. Ergebnis: Wir brauchen länger, wir machen mehr Fehler und es kommt manchmal zu einem vertrackten Dazwischenfunken. Die Ampel zeigt zwar Rot, die Anrufannahmetaste des Handys ist aber grün und Grün ist für das Hirn vor der Ampel das Signal für losfahren – Autsch, Beule, Mist!

Sprache und Sprechen

Kennst du das Gefühl? Du hast jemanden kennengelernt, der dir supersympathisch erscheint, und dann macht derjenige den Mund auf und labert nur Blödsinn. Bringt keine vollständigen Sätze heraus, redet in Comicsprache oder, noch schlimmer, spricht so einen extremen Dialekt, dass du ihn kaum verstehst. **Sprache verleiht Identität!** Dein Ausdrucksvermögen und dein Sprachstil prägen deine Persönlichkeit und machen dich unverwechselbar. Denn ganz bestimmt hast du ein paar typische „Macken“, sprachliche Angewohnheiten oder einen gewissen Tonfall, den nur du hast und an dem deine Freundinnen merken: Das bist du!

„Die Grenzen meiner Sprache sind die Grenzen meiner Welt“ hat der Philosoph Ludwig Wittgenstein einmal gesagt. Nutze diesen Satz für dich und überlege, was du mit deinen Worten, deiner Sprache alles benennen und beschreiben kannst – und was noch nicht. Oder wie du dich in Diskussionen verhältst, innerhalb deiner Clique, gegenüber deinen Lehrern, deinen Eltern, deinen Geschwistern und Freunden. Wer wortgewandt ist, führt das Gespräch und bestimmt, wo es langgeht. Wer nur über einen begrenzten Wortschatz verfügt und sich womöglich noch grammatikalisch falsch ausdrückt, wird es schwer haben, andere von sich zu überzeugen – und wird total unterschätzt, was zum Beispiel Intelligenz oder Lernbereitschaft angeht. **Kümmere dich um deine Sprache, deine Ausdrucksweise, damit deine Welt nicht nur auf ein paar Sätze beschränkt bleibt.** Und mit jeder neuen Fremdsprache, die du sprichst, erweiterst du natürlich deine persönlichen Grenzen ungemein!

Ein ganz wichtiges positives Sprachmittel sind die sogenannten Ich-Botschaften. Das sind Aussagen, die zum Beispiel mit „Ich", „Mir" oder „Meiner Meinung nach …" beginnen: Mit ihnen stellst du klar, was du meinst oder fühlst oder wünschst, zum Beispiel statt „mich macht das traurig, wenn du nicht von dir aus zurückrufst", sagst du: „Ich fände es gut, wenn du innerhalb von zwei Tagen zurückrufst". Im Gegensatz dazu gibt es Du- oder Sie-Botschaften oft noch mit „immer" oder „nie" geschmückt („Du rufst nie zurück") und Man-Botschaften („Man meldet sich doch innerhalb von zwei Tagen"). Diese beiden wirken angreifend oder so, als ob du dich hinter Allgemeinem versteckst. **„Ich" ist eines der wichtigsten Worte, sprachlich zu wirken!** In „Schmetterlingsflügel für dich" findest du Hinweise und Übungen, wie dich diese Botschaften sogar in Streitgesprächen supersicher machen.

Alte Zöpfe, neue Tugenden: Kopfnoten und Co.

Betragen, Fleiß, Mitarbeit und Ordnung – du denkst, das war doch zu Zeiten meiner Großmutter, dass man danach in der Schule beurteilt wurde. Stimmt, diese sogenannten Kopfnoten wurden vor Jahren weitgehend abgeschafft und jetzt in vielen Bundesländern wieder eingeführt. Unternehmen haben zunehmend festgestellt: „Okay, da kommen Auszubildende aus der Schule und die können Fremdsprachen, mit Computern umgehen, Gleichungen lösen usw. Aber die haben keine Ahnung, wie man andere anspricht, halten nicht durch, kriegen nichts organisiert und laufen in Klamotten, in denen ich den Rasen mähe, in den Betrieb." Heute heißen die Kopfnoten je nach Bundesland zum Beispiel „Arbeits- und Sozialverhalten" und umfassen Leistungsbereitschaft, Zuverlässigkeit und Sorgfalt, Selbstständigkeit, Verantwortungsbereitschaft, Konfliktverhalten und Kooperationsfähigkeit. In der Berufswelt heißen die Bewertungskriterien natürlich ganz modern „Social Skills" oder „Personal Skills" – der Kern ist jedoch der gleiche. Es geht darum …

- dass du dich respektvoll und freundlich anderen gegenüber verhältst (egal ob Kollegen, Kunden, Chefs),
- dass du Einsatzbereitschaft zeigst und die Dinge zu Ende führst (egal ob es eine Hausaufgabe ist oder im Geschäft ein Extraeinsatz vor Weihnachten),
- dass du Interesse zeigst, dich beteiligst, Fragen stellst, mitdenkst,
- dass du organisiert und planvoll Aufgaben so abarbeitest, dass andere deine Ergebnisse lesen, verstehen und nutzen können,
- dass deine Klamotten sauber und lochfrei sind und dein Arbeitsplatz nicht vor Cola klebt.

Um die Spießigkeit zu vervollständigen: Pünktlichkeit und Zuverlässigkeit gehören auch dazu: Wenn erforderlich ist, dass du um Punkt 8.00 Uhr da bist und dein ausgewählter Bus erst um 7.59 Uhr an der Ecke hält, dann musst du halt einen Bus früher nehmen …

„Nur eine Drei" in den Kopfnoten gilt oft als Ausschlusskriterium bei einer Bewerbung. Führende Personalleute sagen heute „buy attitude, train skills" und sie meinen damit, dass sie bei der Auswahl mehr auf deine Einstellung achten als auf das, was du schon kannst. Sie wissen einfach, dass ein Mensch leichter ein Computerprogramm oder eine Sprache erlernt als Respekt oder Verantwortungsgefühl. Mehr dazu liest du zum Thema Bewerbung und Praktikum ab Seite 103.

Und das Ganze jetzt gaaaaaanz praktisch:

- Begrüße Menschen im Beruflichen generell mit Handschlag und mit Namen und oder netten Worten: „Guten Tag, Herr Müller“, oder: „Guten Tag, schön, Sie zu treffen.“
- Lache und die Welt gehört dir!
- Schau anderen in die Augen!
- Bedanke dich für kleine Aufmerksamkeiten.
- Halte anderen die Tür auf.
- Achte auf Benimmregeln beim Essen: Fang erst an zu essen, wenn alle ihr Gericht vor sich haben, trinke erst dann, wenn der Gastgeber dies signalisiert hat (zum Beispiel, indem er selbst das Glas nimmt oder dich auffordert anzufangen).
- Schminke dich dezent und kleide dich lieber einen Tick zu ordentlich, wenn es auf etwas ankommt: Investiere in eine sehr gute schwarze Hose und einen passenden Blazer, stecke dein Geld lieber in gute Schuhe als in fancy Unterwäsche.

Bessersprecher und Bessersprecherinnen

Schauspieler kennen merkwürdige Übungen, wie zum Beispiel mit einem Korken zwischen den Zähnen zu sprechen, bis das Gesagte deutlich wird … Was komisch ausschaut, verhilft dir zu einer klaren Aussprache, garantiert ohne Nuscheln und Silbenverschlucken! Andere Tipps für Bessersprecherinnen sind diese:

- *Lies deinen aktuellen Lieblingsschmöker deiner Freundin betont vor.*
- *Trage Reime und Gedichte, in denen etwas passiert, lautmalerisch und laut vor, Max und Moritz eignet sich prima („... voller Tücke eine Lücke in die Brücke …").*
- *Übe Zungenbrecher erst langsam, dann schneller (findest du im Internet!).*
- *Sprich laut und deutlich den Satz „Komm kräftiger Kerl" und stoße die K richtig aus dir raus, so laut, als würdest du mit jemandem sprechen, der zehn Meter entfernt ist.*
- *Singen ist ein prima Sprechtrainer – ob SingStar, im Chor oder unter der Dusche – bei langsamen, gefühlsbetonten Liedern übst du betonen – atmen nicht vergessen!*
- *Höre dir Reden an oder trage bekannte Reden laut vor (zum Beispiel Martin Luther King: I have a dream), so lernst du Stilmittel wie Wiederholung, Sprachbilder, Betonung.*
- *Übe Stegreifvorträge: Nimm ein beliebiges Wort aus einer Zeitschrift oder Werbung, zum Beispiel „MP3-Player": Stoppe die Zeit und sprich eine Minute zu diesem Thema.*
- *Erkläre den Füllwörtern den Krieg: Streiche nee, ey, also, äh, mmh, vielleicht, eigentlich, irgendwie, mal, glücklicherweise, in der Tat, nichtsdestoweniger, man könnte sagen, im Grunde, wie man so sagt, ich sag mal ...*

- *Lies, lies, lies. Lesen ist der Weg aus dem Dialekt in die Hochsprache* ***(remember: Wer nur Dialekt spricht, wird unterschätzt!).***
- *Suche für Wörter, die du häufig nutzt, Alternativen: Schreibe einen kurzen Text zum Beispiel über deinen letzten Urlaub: Wir flogen mit Lufthansa nach Madrid etc. Tausche so viele Wörter gegen Synonyme (= anderes Wort, ähnliche Bedeutung) oder Umschreibungen aus: So wird daraus: Meine Familie und ich reisten mit der größten deutschen Airline in die spanische Hauptstadt. Oder noch einmal: Die Familie Mosbach brach mit der Fluggesellschaft mit dem Kranich auf ins Herz Spaniens. Du willst nicht dreimal in drei Sätzen „Familie" schreiben? Hilfestellung für Synonyme bietet dir dein PC, zum Beispiel in Microsoft Word unter Extras/Sprache/Thesaurus.*
- *Spielerisch Grammatik lernst du zum Beispiel mit Büchern oder dem Spiel „Der Dativ ist dem Genitiv sein Tod" von Bastian Sick – das macht Spaß, verblüfft manchmal und steigert die Aussicht auf Erfolg in der nächsten Deutschklausur!*

WELCHER BERUF PASST ZU MIR?

Das ist eine wichtige Frage für deine Zukunft. Es ist nicht tragisch, wenn du sie mit 14 noch nicht beantworten kannst. Es gibt Menschen, die wissen von klein auf instinktiv „Wenn ich groß bin, werde ich Ärztin" und gehen ihren Weg. Und es gibt andere (besonders die mit vielen unterschiedlichen Talenten), die an dieser Frage verzweifeln, weil sie vieles gut können, aber scheinbar nichts so herausragend, dass die Berufswahl auf der Hand läge. Wichtig: **Du musst die Frage nach dem besten Beruf für dich auch nicht nur einmal im Leben**

beantworten, so als wäre sie danach für alle Ewigkeit in Stein gemeißelt. Manche Mädchen probieren erst einige Jobs aus, bevor sie feststellen: Der ist es. Oder dann merken: „Nur Lehre ist mir zu wenig, ich will mehr wissen und deshalb an der Uni studieren." Wichtig ist, einfach anzufangen (natürlich mit der für dich besten Möglichkeit) und dann nicht stehen zu bleiben, sondern weiterzumachen. Wenn du einen der raren Ausbildungsplätze ergattert hast, solltest du ihn auch nicht leichtfertig aufgeben. Dich täglich zu verbiegen, bringt aber auch nichts, das macht dich nur krank. Vielleicht hilft dir dabei die Plus-Minus-Liste von Seite 106.

Verschlungene Wege zum Erfolg

Und wenn dein Weg derzeit eher nicht so gerade zum Erfolg läuft? Schau mal genau hin: Es gibt viele Frauen, die auf verschlungenen Wegen zum kleinen oder großen Erfolg gekommen sind. J. K. Rowling, Autorin von Harry Potter, die schon als Kind Geschichten erfand, arbeitete nach ihrem Schulabschluss und Studium in verschiedenen Büros und lebte später als alleinerziehende Mutter von Sozialhilfe. Als sie versuchte, den ersten Harry-Potter-Band zu verkaufen, bekam sie immer wieder Absagen. Die Verlage gaben ihr den guten Rat, doch wieder eine vernünftige Arbeit anzunehmen … Den aktuellen Stand der Geschichte kennst du: J. K. Rowling gilt als eine der reichsten Frauen Großbritanniens, noch vor Königin Elisabeth II.

Und was lernst du daraus? **Glaub an dich und tue, wofür dein Herz schlägt.** Erlaube deinem Herzen, auch mal die Sache zu wechseln, wofür es schlägt. Und denke bloß nicht, es gibt nur einen Weg, nämlich die schnurgerade Autobahn zum Erfolg!

Bilder deiner Kindheit

Du erinnerst dich sicher: Was wolltest du als Kind werden? Tierärztin, Hebamme, Malerin? Nutze diese Bilder deiner Kindheit, um dir heute für deinen Weg bewusster zu werden. Mache diese Übung gemeinsam mit deiner Freundin: Sie kann dir die Fragen stellen, du lehnst dich entspannt zurück und schließt vielleicht die Augen, um das Bild entstehen zu lassen. Beantworte die Fragen, indem du dein inneres Bild anschaust und im Beisein deiner Freundin einfach „laut denkst". Stell dir vor, du siehst ein Kinoplakat: Gezeigt wird ein Film über dich, in dem du deinen Kindheitsberufswunsch lebst:

- *Was siehst du auf dem Plakat?*
- *Wie ist die Umgebung? Was ist im Vordergrund zu sehen, was im Hintergrund?*
- *Wer ist darauf zu sehen? Was tun die gezeigten Personen/ Lebewesen?*
- *Wie ist das Plakat gestaltet? Welche Farben siehst du?*
- *Wie heißt der Titel des Films?*
- *Stell dir vor, ein Mann und eine Frau gehen an dem Plakat vorbei und sagen: „Da sieht man doch …"*

Beruf kommt von Berufung

Was du heute schon über einen Beruf deiner Wahl in Erfahrung bringen kannst und was du jetzt schon über dich weißt, solltest du auf alle Fälle berücksichtigen. Schreibe es auf, zum Beispiel in deine Berufsbox von S. 67, dann hast du es schwarz auf weiß und nicht mehr nur wirr in deinem Kopf. Je besser du dich kennst, desto sicherer ist dein Erfolg in dem von dir bevorzugten Beruf!

Was hast du über dich erfahren? Gleich vorab: Es geht dabei nicht darum zu prüfen, ob der Beruf der richtige für dich ist, sondern darum, was du damit verbindest. Stell dir zwei Personen vor, die als Kind Ärztin werden wollten: Person 1 sieht sich im Film „Emergency Room" mit anderen gemeinsam unter Hochdruck ein Leben nach dem anderen retten. Person 2 sieht sich im Film „Die Landärztin" mit ihrer Tasche von Haus zu Haus gehen, im Hintergrund stehen winkende Kinder im Fenster und es fährt gerade ein Pferdefuhrwerk vorbei. Person 1 lernt aus ihrem Bild, dass sie Folgendes sucht: einen Beruf, in dem es um Ergebnisse geht, in dem sie im Team arbeitet, ein gewisser Druck und Belastung da sind, jeder Tag eine Herausforderung ist … so etwas findet sich genauso im Sterne-Restaurant wie im Projektmanagement eines Unternehmens. Person 2 lernt daraus, dass sie gerne als einzelne Person gesehen wird, zufriedene Kunden mehr braucht als ein Team und gerne selbst Herrin über die Zeit ist … so ein Bild ist eine gute Grundlage dafür, für andere Menschen „frei" zu arbeiten, ob als Kosmetikerin oder Architektin oder Beraterin.

In Kapitel 1 hast du ja schon viel über deine Talente gelernt: Schau nun, in welche Gefäße deine Talente passen, und beachte: Ausgestattet mit „Kreativität", kannst du Floristin, Art-Direktorin, Marketingmanagerin, Künstlerin oder, oder, oder werden – **es gibt immer mehrere Gefäße für deine Talente!**

Berufe, Berufe, Berufe

Es gibt unzählig viele Berufe und Möglichkeiten, sein Geld zu verdienen. Die folgende Liste ist nur ein kleiner Auszug und soll dich inspirieren (schaue dazu auch in deine Berufsbox auf der gegenüberliegenden Seite)! Nicht alle sind Ausbildungsberufe, manchmal ist ein Hochschulstudium Voraussetzung, aber immer gilt: anfangen, lernen, am Ball bleiben und das Ziel – nämlich einen Beruf auszuüben, der dich erfüllt und zu dir passt – nicht aus den Augen verlieren. Stell dir mal vor: Wenn du zwischen 25 und 60 täglich acht Stunden arbeitest, verbringst du für über 30 Jahre ein Drittel deiner Tage und damit ein Drittel deiner Lebenszeit in deinem Beruf … Es wäre übel, dich da jeden Tag mieslaunig hinzuschleppen … Da lohnt es sich, gut hinzuschauen, was dir persönlich einen guten Tag macht und womit du ihn verbringen solltest!

Kreative Berufe: Bühnenmalerin und -plastikerin, Choreografin, Dramaturgin, Drehbuchautorin, Floristin, Grafik-Designerin, Illustratorin, Kamerafrau, Köchin, Kommunikations-Designerin, Konditorin, Modedesignerin, Parfümeurin, Regisseurin, Restauratorin, Schneiderin …
Medien und Kommunikation: Buchhändlerin, Computeranimateurin, Dolmetscherin, Dokumentarin, Fotomedienlaborantin, Informatikkauffrau, Informationswirtin, IT-System-Elektronikerin, Journalistin, Kauffrau für Dialogmarketing, Kauffrau für Marketingkommunikation, Mediengestalterin, Medieninformatikerin, Medienpädagogin, Museologin, Netzwerk-Managerin, Software-Entwicklerin, Sprachwissenschaftlerin, Veranstaltungskauffrau …
Soziale Berufe: Altenpflegerin, Ärztin, Erzieherin, Gesundheits- und Krankenpflegerin, Kunsttherapeutin, Lehrerin, Logopädin, medizinisch-technische Assistentin, Pflegemanagerin, Physiotherapeutin, Sozialarbeiterin, Zahnärztin …

Berufsbox

Funktioniert am besten mit Karteikärtchen: Vorne den Beruf draufschreiben, den du irgendwo aufgeschnappt hast (Key-Account-Managerin, Schauspielerin, Produktionsplanerin, Diplomingenieurin, Verfahrenstechnikerin, Kosmetikerin), auf die Rückseite notierst du dir, was genau man da macht, welche Voraussetzungen dafür nötig sind und wieso dich das interessieren könnte. Am Tag X deiner Berufsentscheidung fällt dir dann das Sortieren leichter.

Technische Berufe: Augenoptikerin, Bauzeichnerin, Bauingenieurin, Chemielaborantin, Druckingenieurin, Feinwerktechnikerin, Industriemechanikerin, IT-System-Elektronikerin, Kapitänin, Kfz-Mechatronikerin, Mechatronikerin, Produktionsingenieurin, Pyrotechnikerin, technische Wirtschaftsinformatikerin, technische Zeichnerin, Veranstaltungstechnikerin, Zahntechnikerin …

Umwelt, Forschung und Entwicklung: Agraringenieurin, Anthropologin, Archäologin, Astronautin, Astronomin, Chemielaborantin, Ethnologin, Forstwirtin, Gärtnerin, Geografin, Historikerin, Hydrologin, Lebensmitteltechnikerin, Meteorologin, Ökotrophologin, Physikerin, Politologin, Tierpflegerin, Zoologin …

Verwaltung, Recht und Wirtschaft: Bibliothekarin, Bürokauffrau, Kauffrau für Spedition und Logistikdienstleistung, Luftverkehrskauffrau, Patentanwältin, Rechtsanwaltsfachangestellte, Richterin, Staatsanwältin, Volkswirtin, Wirtschaftsjuristin …

Die Liste der Berufe verändert sich ständig und jedes Jahr entstehen neue Berufe oder Berufsbezeichnungen. Informiere dich unter ***www.berufswahl.de*** und du bist du immer auf dem aktuellen Stand.

Geld Macht Spaß

... So heißt ein Seminar, das Monika Müller, (weiblicher) Finanzcoach, speziell für Mädchen und Frauen anbietet. Ihre Erfahrung: Frauen kümmern sich traditionell zu wenig um das Thema Finanzen. Die klare Antwort auf die Frage „Wieso soll ich überhaupt Geld verdienen?" lautet: **Weil du selbst verantwortlich für dein Leben bist** und niemand anderes, weder deine Eltern noch der Staat. Auch wenn du als Jugendliche noch jede mögliche Unterstützung erfährst, ist es ja dein Ziel, bald selbstständig und erwachsen zu agieren. Der Umgang mit Geld gehört dazu!

Wer verdient was?

Männer verdienen im Durchschnitt in den Industrieländern bis zu 25 % mehr als Frauen. Woran liegt das? Zum einen wohl an der traditionellen Berufswahl: Als angestellte Friseurin, Kauffrau im Einzelhandel oder Gesundheits- und Krankenpflegerin sind die Verdienstmöglichkeiten begrenzt. Des Weiteren geben sich viele Frauen auch mit 400-Euro-Jobs zufrieden. Nach dem Motto „Mein Mann verdient das Familiengehalt" sehen sie ihren Verdienst nur als zusätzliches Taschengeld. Und schließlich bestätigen Personalchefs, dass sich Frauen in Gehaltsgesprächen schlechter verkaufen als ihre männlichen Kollegen. Deshalb verdienen Männer oftmals im gleichen Job mehr als ihre Kolleginnen. Na dann: Wie gut, dass du weißt, was du wert bist!

Auch wenn es wichtiger ist, dass du mit deinem Job glücklich und zufrieden bist, sollte er sich unter dem finanziellen Aspekt lohnen. Denn **Geld verdienen macht stolz!** Es macht frei und unabhängig.

Die Verdienstmöglichkeiten in verschiedenen Berufen sind sehr unterschiedlich und manchmal ist der Weg dahin lang und mitunter richtig teuer, weil zum Beispiel Studiengebühren anfallen. Dennoch gilt: **Die Investition in eine gute Ausbildung ist die allerbeste.** Klar kannst du von der Schule abgehen und eine gute Ausbildung machen. Dann verdienst du schnell dein eigenes Geld und kannst auf eigenen Füßen stehen. Vielleicht willst du auch ganz bewusst nicht studieren und freust dich darauf, gleich „richtig" zu arbeiten, weil dir das einfach mehr liegt oder du dir bessere Verdienstmöglichkeiten ausrechnest. Das ist nämlich von Branche zu Branche sehr unterschiedlich! Du verdienst zum Beispiel als Auszubildende im Hotelfach zwischen 500 Euro und 700 Euro brutto im Monat, nach der Ausbildung dann um die 2.000 Euro. Natürlich hast du in diesem Ausbildungsberuf auch Aufstiegschancen, du kannst Hausdame, Empfangschefin oder Direktorin werden und damit steigt auch dein monatliches Gehalt. Nur so zum Vergleich: Nach einem erfolgreich abgeschlossenen BWL-Studium fängt dein Einstiegsgehalt je nach Branche und Erfahrungen etwa ab 2.500 Euro/Monat an.

Was kannst du als Anfangsgehalt in Euro erwarten?

Folgende Angaben sind durchschnittliche Brutto-Anfangsgehälter:

Bürokauffrau	1.533,–	Medizinische Fachangestellte	1.257,–
Ärztin	2.300,–	Gesundheits- und Krankenpflegerin	1.258,–
Pilotin	2.600,–	Maschinenbauingenieurin (BA, FH)	2.300,–
Erzieherin	1.201,–	Mediengestalterin	1.150,–
Friseurin	1.050,–	Grundschullehrerin	1.222,–

Dabei gilt: Je nach Abschluss, Branche und Berufserfahrung kannst du dein Gehalt vervielfachen.

Nettogehalt = Bruttogehalt minus Steuern minus Sozialabgaben. Bruttogehalt bedeutet, dass hier noch keine Steuern und Sozialabgaben abgezogen wurden. Steuern und Sozialabgaben (Krankenversicherung, Arbeitslosenversicherung, Rentenversicherung, Pflegeversicherung, Kirchensteuer, Solidaritätszuschlag) richten sich zum Beispiel nach deinem Status (Auszubildende, Studentin, ledig/verheiratet, Kinder) und Stellung (Angestellte, Beamtin).

Schon als Schülerin kannst du deinen Geldbeutel mit kleinen Nebenjobs auffüllen. Sie sollten dich allerdings nicht von deiner „Hauptarbeit“ Schule abhalten, sprich: nicht deine Zeit und Energie so sehr beanspruchen, dass deine Leistungen darunter leiden. Ein guter Abschluss geht immer vor!
Dein Nebenjob sollte zu dir und deinen Interessen passen. Egal ob du babysittest, Nachhilfe gibst, Prospekte austrägst, Hunde ausführst, im Supermarkt oder im Stall aushilfst … Wichtig ist, dass du deinen Nebenjob zuverlässig und regelmäßig ausführst. Dann kommt regel-

Was der Gesetzgeber zum Geldverdienen sagt:
Dein Nebenjob muss dem Gesetz zum Jugendschutz entsprechen. Das bedeutet: Wer älter als 13 ist, darf an Werktagen zwei Stunden leichte Hilfstätigkeiten ausüben, aber nur zwischen 8 und 18 Uhr. Jugendliche über 15 dürfen dann während der Schulferien schon mal vier Wochen am Stück arbeiten, Jugendliche über 16 auch sonntags, zum Beispiel in der Gastronomie oder beispielsweise als Statistin am Theater …
All das regelt der sogenannte Taschengeldparagraph (§110 BGB).

mäßig Geld auf dein Konto. **Übrigens macht sich ein längerer Nebenjob immer gut in deinem späteren Lebenslauf.** Er signalisiert deinem zukünftigen Arbeitgeber deine Leistungsbereitschaft – und dass du arbeiten kannst!

Vielleicht fragst du dich nach dem Sinn eines Nebenjobs, schließlich gibt es ja Eltern und Taschengeld … Aber: Deine Eltern sind gesetzlich nicht etwa verpflichtet, dir Taschengeld zu geben, daher gibt es auch keine gesetzliche Regelung, wie viel sie dir zahlen müssen. Das hängt von ihrer finanziellen Situation ab. Üblich ist, dass du Schulkram und Kleidung nicht von deinem Taschengeld bezahlen musst.

Folgende Beträge gelten allgemein als Richtlinien:

12–13 Jahre	17–20 Euro im Monat
14–15 Jahre	20–25 Euro im Monat
16–17 Jahre	25–40 Euro im Monat
18 Jahre	60 Euro im Monat

Damit dir dein Geld Spaß macht, lege dir spätestens mit 14 ein Girokonto und ein *Sparbuch* oder *Tagesgeldkonto* zu, auf das du regelmäßig dein selbst verdientes (!) Geld, deine Ersparnisse oder die Geldgeschenke vom letzten Geburtstag einzahlst. Setze dir ein bestimmtes Sparziel wie zum Beispiel ein neues Mountainbike oder den Führerschein: Sicher sind deine Eltern bereit, hier einen gewissen Betrag zuzusteuern. Den Rest sparst du dazu. Eisern!

Wenn du schon zu den Fortgeschrittenen in Sachen Geldanlage gehörst und einen festen Betrag monatlich sparst, lohnt sich ein *Sparplan* in einen Fonds. Verdienst du bereits in einer Ausbildung dein eigenes festes Geld, wird ein *Bausparvertrag* interessant, denn der wird von vielen Arbeitgebern zur Hälfte gesponsert. Sprich darüber mit deinen Eltern, deinem Arbeitgeber und deiner Bank.

Parcours durch den Kontendschungel

Deine Bank bietet verschiedene Konten für verschiedene Zwecke. Wichtig für alle unter 18: Deine Eltern müssen bei der Kontoeröffnung unterschreiben. Wenn du kein festes Einkommen hast, gewährt dir eine seriöse Bank keinen Überziehungskredit und lässt schon gar nicht deine Eltern die Differenz ausgleichen!

Girokonto: Unentbehrliche Finanzschaltstelle zum Beispiel während einer Ausbildung, auf die dein Gehalt eingeht und von der aus du deine Zahlungen leistest. Die meisten Banken bieten es für Auszubildende kostenlos an. Trotzdem genau schauen, wer wofür Extrageld verlangt.

Guthabenkonto: Wenn nichts drauf ist, bekommst du von der Bank auch kein Geld. Für Giro- und Guthabenkonto gilt: Mit dem Vertrag erhältst du eine Kontonummer, dann eine Kontokarte und die PIN und TANs – alles gut aufbewahren!

Sparbuch: Eine Art Parkplatz fürs Geld – auch fürs kleine Geld (schon ab 50 Cent)! Leider vermehrt es sich nicht besonders, da die Zinsen sehr mager sind. Deshalb ist es nur für das Ansparen kleiner Beträge gut geeignet. Tipp: Es gibt auch eine *Sparcard,* mit der du auch im Ausland ohne Gebühr 4-mal pro Jahr an dein erspartes Geld herankommst. Ein Vorteil, wenn du viel reist.

Tagesgeldkonto: Geldparkplatz mit – je nach Bank – passablem Geldvermehrungspotenzial (Zinsen), der jeden Tag geräumt werden kann, zum Beispiel wenn du für eine Reise oder den Führerschein sparst.

Mehr Tipps, wie du besser mit deinem Geld klarkommen kannst, findest du in „Schmetterlingsflügel für dich“.

STEIGERE DEINEN WETTBEWERBS-FAKTOR

Kann ja sein, dass dir das mit der Berufswahl alles egal ist und du dir sagst: Egal, Hauptsache ich verdiene mit irgendwas ein bisschen Geld. Kann aber auch sein, dass du dir einen bestimmten Beruf in den Kopf gesetzt hast, aber dummerweise keine Lust auf Lernen hast. Oder noch schlimmer: Du willst unbedingt Herzchirurgin werden, aber dein Notenspiegel ist im Keller. Was tun? **Von nichts kommt nichts** und das bedeutet: Ein guter Abschluss ist nun mal die Voraussetzung für einen guten Job, ob du nun einen Ausbildungsberuf ergreifst oder studieren möchtest. Oder anders: Je besser deine Ausbildung und je höher dein Schulabschluss ist, desto mehr Möglichkeiten hast du bei deiner Berufswahl (remember: Bildung als Chance). Dazu kommt, dass du dich nach deiner Schul- oder Berufsausbildung in einem zumindest europäischen Arbeitsmarkt wiederfindest. Dort heißt es mit einer guten und zügigen Ausbildung Punkte sammeln.

Startschuss mit dem richtigen Abschluss

Es gibt verschiedene Abschlüsse, deren Bedeutung du für deinen geplanten Weg unbedingt kennen solltest!

- *Abitur* (in Österreich heißt es Matura) oder auch allgemeine Hochschulreife genannt, ist der höchste Schulabschluss. Du legst ihn normalerweise an einem Gymnasium nach dem Besuch der Oberstufe ab. Mit dem Abi in der Tasche erwirbst du die Berechtigung zu einem Studium. Die Prüfungen werden durch das jeweilige Landesrecht geregelt, der Abschluss jedoch ist in Deutschland und in Europa anerkannt. Wenn du also dein Abitur im Saarland machst, kannst du trotzdem in Niedersachsen studieren. Oder eben auch in England oder Frankreich.

- *Fachabitur* erreichst du in zwei Teilen: Zum einen durch den erfolgreichen Abschluss der zwölften Klasse, zum anderen durch einen berufsbezogenen Teil, der aus einem halbjährigen Praktikum oder einer zweijährigen Berufsausbildung bestehen kann. Mit dem Fachabitur kannst du an Fachhochschulen studieren, allerdings gibt es hier in den Bundesländern unterschiedliche Regelungen.
- *Mittlere Reife* bezeichnet den Abschluss der Realschule, Wirtschaftsschule oder Gesamtschule nach der zehnten Klasse. Mit dem Realschulabschluss kannst du folgende Schulen besuchen: Gymnasium, Berufskolleg, Berufsoberschule oder eine Fachoberschule. Oder eine Ausbildung beginnen.
- *Hauptschulabschluss* bedeutet der erfolgreiche Abschluss der neunten Klasse einer Haupt- oder Gesamtschule. Diese „Berufschulreife" gilt als Mindestvoraussetzung für eine berufliche Ausbildung.

Nach der Schule ist vor der Schule: Je nachdem, welchen Ausbildungsweg oder Studiengang du einschlägst, musst du in folgenden Institutionen die Schulbank drücken:

- *Berufsschule:* Gehört zum zwei- bis dreijährigen Ausbildungsplan eines Ausbildungsberufs, bis zu zwei Tage in der Woche.
- *Berufsakademie:* Dreijährige praxisorientierte Ausbildung, bei der du abwechselnd drei Monate studierst und praxisorientiert arbeitest.
- *Fachhochschule:* Hochschulform für anwendungsorientierte Studiengänge wie beispielsweise Architektur oder Grafik-Design.
- *Universität:* Eine Hochschulform, in der neben der Lehre die wissenschaftliche Forschung eine bedeutende Rolle spielt. Die Regelstudienzeit beträgt mindestens vier Jahre. Abschlüsse sind Staatsexamen (zum Beispiel für Lehrer, Rechtsanwälte, Medizin) oder Diplom (Maschinenbau, Architektur) und Magister (Germanistik,

Numerus clausus gar nicht verklausuliert ...
Manchmal sind Studiengänge mit einem Numerus clausus, einem bestimmten Notendurchschnitt, belegt. Das deutsche Wort dafür ist Zulassungsbeschränkung. Wenn die Nachfrage nach einem bestimmten Studienfach zu hoch ist und nicht genügend Studienplätze zur Verfügung stehen, ist die Zulassung auf die Abiturienten mit den besten Noten beschränkt. Typische Fächer mit einem sogenannten NC sind zum Beispiel Biologie, Medizin, Pharmazie, Psychologie, Zahnmedizin. Und tatsächlich gibt es Studienfächer, für die du einen Abitur-Notenschnitt besser als 1,5 brauchst – die genaue Note (der sogenannte NC) ändert sich jedes Jahr je nach Nachfrage ein wenig. Das Ganze ist durch die Zentralstelle für die Vergabe von Studienplätzen (ZVS) geregelt.

Politikwissenschaft).
Nach dem Examen kann promoviert (Doktortitel) und dann habilitiert (Professortitel) werden. **Um Hochschulabschlüsse europaweit vergleichbar zu machen, werden derzeit überall Bachelor und Master als Abschluss eingeführt.**

Studium finanzieren – woher nehmen, wenn nicht stehlen?
Der Kostenfaktor ist mitunter ein triftiger Grund deiner Eltern, ein Studium abzulehnen. Doch es gibt verschiedene Möglichkeiten, das Geld für Wohnung, Lebenshaltungskosten und Studienbeiträge aufzutreiben. Wenn deine Eltern ein Studium nicht finanzieren können oder wollen, findest du hier geliehenes Geld.

- *BAFöG:* Staatsdarlehen, das du erst nach dem Studium unter bestimmten Bedingungen sogar nur zur Hälfte zurückzahlen musst.
- *Stipendien:* Die gibt's zum Beispiel von parteinahen Stiftungen, die eine schriftliche Bewerbung, teils persönliche Referenzen und einen Auswahlprozess vorsehen. Dafür erhältst du die Aufnahme in einen kleinen Kreis und musst das Geld nicht zurückzahlen.
- *Studiendarlehen:* Kredit für Studenten zu guten Konditionen, der nach Ablauf der sogenannten tilgungsfreien Karenzphase, die zum Beispiel 6 bis 23 Monate betragen kann, in monatlichen Raten zurückgezahlt werden muss.
- *Jobben:* Sollte immer ein Nebenjob sein, sonst vernachlässigst du deinen Hauptjob, das Studium.

Total global und international

Deine Mutter hat vielleicht noch mit der Sabine und der Stefanie aus dem Nachbardorf um den Ausbildungsplatz bei der Sparkasse konkurriert. Für deine berufliche Zukunft sieht der Wettbewerb heute anders aus: Gerade weil Deutschland veraltert, suchen Firmen bewusst nach jungen Menschen, um auch als Unternehmen nicht zu vergreisen. Aber bei uns beginnen immer weniger Schulabgänger ihr Studium (laut einer aktuellen OECD- Studie haben nur 22% der 25- bis 34-Jährigen ein Studium abgeschlossen), daher wandert der Blick ins nahe gelegene Ausland. Das ist ein realistisches Szenario: Viele Trainees, das sind Hochschulabsolventen, die in einem Unternehmen zunächst in die verschiedenen Bereiche rotieren, um danach in einem Bereich eine verantwortungsvolle Stelle einzunehmen, kommen zum Beispiel aus England. Sie haben aufgrund eines anderen Schulsystems früher den Schulabschluss in der Tasche und sind mit 22 Jahren mit einem Masterstudium fertig. Wahrscheinlich haben sie in einem oder zwei Auslandspraktika schon etwas Deutsch gelernt, wenn nicht, eben Spanisch oder Französisch. Das wird hauptsächlich als Symbol für Offenheit und Lernbereitschaft gedeutet, denn in den meisten größeren Unternehmen in Deutschland ist Englisch zumindest die zweite Unternehmenssprache. Einige Länder machen das heute schon vor: In Holland ist es zum Beispiel ganz normal, dass man drei bis vier Sprachen spricht, darunter fließend Englisch.

GUT ORGANISIERT ZUM ERFOLG

Wenn du dich auf die Suche nach einem Praktikum oder Studium machst, mach es richtig!
Hier einige Informationsquellen und Stichworte, wie und wo du dich schlaumachen kannst. Nutze die Möglichkeiten, die sich dir bieten! Informiere dich, surfe kreuz & quer, interviewe Menschen in deiner Umgebung zum Thema Beruf und höre nicht eher auf zu fragen, bis du eine befriedigende Antwort hast. Wenn du dann konkret in die Planung gehst, helfen dir die beiden Checklisten für Praktikum/Ausbildung bzw. Studium, zur richtigen Zeit die richtigen Schritte zu deinem Ziel zu unternehmen.

Save surfen! Wie immer und überall kann es auch im Internet fiese Typen geben, deswegen: Pass auf dich auf! Das WWW ist eine anonyme Plattform und du weißt oft nicht, mit wem du es zu tun hast.

- Plaudere im Internet, in deinen E-Mails oder Chats niemals persönliche Geheimnisse aus, sie können von anderen gelesen und missbraucht werden.
- Gib nie deinen vollständigen Namen, deine Anschrift, deine Telefonnummer oder den Namen deiner Schule an.
- Wenn du ein doofes Gefühl hast, dir jemand Geld oder Geschenke anbietet, wende dich an deine Eltern oder eine Person, der du vertraust.
- Verabrede dich nicht einfach mit jemandem, den du im Chat oder per E-Mail kennengelernt hast, ohne deine Eltern darüber zu informieren.

Stichworte für Suchmaschinen:

Ausbildung/Berufe/Mädchen = einfach mal eingeben und gucken, was kommt.

Studieren = Hier kannst du dich durch Universitäten, Studienfächer und ihre Bedingungen klicken.

Deine Stadt & Mädchen = Mit dieser Eingabe erfährst du, welche Veranstaltungen es in deiner Stadt speziell für Mädchen gibt.

Berufsstart = Jobs, Trainee, Praktikum … Informiere dich, wo was geht.

Jobmessen = heißen auch Ausbildungsmessen, je nach Schwerpunkt. Auf Jobmessen stellen sich Firmen und Unternehmen vor. Eine gute Gelegenheit, künftige Arbeitgeber einmal persönlich kennenzulernen. Unter dem Stichwort findest du Termine und Veranstaltungen.

Handelskammer = Organisation, die die kaufmännischen, wirtschaftlichen und industriellen Interessen in einem bestimmten Gebiet vertritt –

zurzeit gibt es über 80 regionale Körperschaften. Hier kannst du dich über Ausbildungsmöglichkeiten, offene Lehrstellen und besondere Veranstaltungen in deiner Region informieren.
Hochschulmessen = Hier erfährst du, welche Uni in deiner Nähe welche Studiengänge anbietet und wie du dich konkreter informieren kannst.
Girl's Day = bundesweiter Berufsorientierungstag für Mädchen zwischen 10 und 15 Jahren, der jedes Jahr im April stattfindet. Informiere dich unter diesem Stichwort über die Veranstaltungen in deiner Nähe.
Tag der offenen Tür = Viele Betriebe öffnen einmal im Jahr Tür und Tor. So kannst du dir ganz ungeniert einen ersten Eindruck vom Arbeitsplatz verschaffen.
Eine gute Ergänzung sind Zeitungen: In überregionalen Tageszeitungen wie der Frankfurter Allgemeinen Zeitung oder der Süddeutschen Zeitung findest du regelmäßig Seiten und Beilagen zum Thema Hochschule, Beruf & Chance.

Wichtige & informative Links:
www.arbeitsagentur.de Information für Arbeitssuchende. Hier erfährst du auch, wo die nächste Agentur für Arbeit und das Berufsinformationszentrum (BIZ) in deiner Nähe ist.
www.ausbildungplus.de Alles über Ausbildungsberufe.
www.was-werden.de Berufswahlportal der Bundesagentur für Arbeit.
www.jobs4girls.at Witzige Seite des Frauenbüros der Stadt Wien. Hier findest du mehr als 250 spannende Berufsbeschreibungen.
www.berufswahl.de Berufsbeschreibungen ohne Ende, Artikel, Themen, Angebote speziell für Mädchen und Frauen und alles ganz offiziell von der Bund-Länder-Kommission für Bildungsplanung und Forschung und der Bundesagentur für Arbeit.
www.berufslexikon.at Über 1.500 Berufsbeschreibungen zum Recherchieren und Informieren. Mit vielen Praxisbeispielen.

www.me-energy.de Spannende Berufsmöglichkeiten und Informationen für Mädchen, die sich für Technik und Energie interessieren. Gefördert durch das Bundesministerium für Umwelt, Naturschutz und Reaktorsicherheit.

www.infobub.arbeitsagentur.de DIE Infoseite zum Thema Berufe mit über 5.800 ausführlichen Berufsbeschreibungen. Mit Suchfunktion und Querverweisen zu anderen Informationssystemen.

www.zvs.de Zentralstelle für die Vergabe von Studienplätzen. Informiere dich über die Vergabebedingungen und die aktuellen NCs.

www.abi.de Infos über deinen Weg in Studium und Beruf.

www.europabuero.de Ehrenamtliche Jugendgruppe – Hier findest du Infos über Jobs im Ausland.

Checkliste Praktikum/Ausbildung

Ab jetzt: Sammle alles zum Thema Berufswahl, Informationen über Ausbildungswege, sprich mit deinen Eltern, besuche das BIZ, surfe im Internet; besorge dir Informationen über Berufsfachschulen und Fachschulen, für manche Ausbildungen musst du dich zwei Jahre vorher bewerben.

Mindestens ein Jahr vor Schulabschluss: Jetzt ist es Zeit, sich um die Bewerbung zu kümmern für eine Ausbildung oder Praktika in Betrieben.

September/Oktober vor Schulabschluss: Nach der Bewerbungsphase nun die Vorstellungsphase; kümmere dich jetzt um eine Stelle als Au-pair, für ein freiwilliges soziales Jahr, um einen Auslandsaufenthalt etc.

Februar vor Schulabschluss: Anmeldeschluss bei vielen berufsbildenden Schulen.

Juli nach dem Schulabschluss: Praktikumsbeginn.

August bis Oktober nach dem Schulabschluss: Ausbildungen bei Betrieben, Behörden und schulischen Ausbildungsstätten beginnen.

Checkliste Studium

Ab jetzt: Sammle alles zum Thema Berufswahl, Informationen über Ausbildungswege und Studiengänge, sprich mit deinen Eltern, besuche das BIZ, surfe im Internet; besorge dir Informationen über die Hochschulen.

Ein Jahr vor dem Abitur/Fachabitur: Informiere dich und nimm Kontakt auf zu Hochschulen und Fachhochschulen wegen Zugangsvoraussetzungen und Bewerbungsfristen.

September/Oktober vor dem Abitur/Fachabitur: Kümmere dich jetzt um eine Stelle als Au-pair, für ein freiwilliges soziales Jahr, um einen Auslandsaufenthalt etc.

Dezember bis April vor dem Abitur/Fachabitur: Anmeldeschluss für Eignungsprüfungen für künstlerische Studiengänge und Sport.

April bis Juni im Abiturjahr

Schulabschlussphase. Besorge dir die ZVS-Info für das kommende Wintersemester oder fordere Bewerbungsunterlagen direkt von der Hochschule an.

15. Juli, nach dem Abitur/Fachabitur: Stichtag. Spätestens heute muss die Studienplatzbewerbung für das kommende Wintersemester bei der ZVS bzw. bei den meisten Hochschulen eingetroffen sein.

August bis Oktober: Zusagen/Absagen durch ZVS oder Hochschule; Einschreibungstermine der Hochschule einhalten!

September/Oktober: Vorlesungsbeginn an Fachhochschulen und Hochschulen.

15. Januar: Annahmeschluss der Bewerbungen für das Sommersemester bei der ZVS und an den meisten Hochschulen.

April nach dem Abitur/Fachabitur: Beginn Sommersemester.

WELLE 2

Jetzt hast du dich bereits ganz schön weit vorgewagt und bist schon mal in hohe Wellen abgetaucht. Du hast ein weiteres Stück geschafft, dich von einigen Wellen tragen lassen, einige Riffe entdeckt (und auch die wunderschönen Korallen). Den Wetterbericht hat du profimäßig in deine Überlegungen einbezogen und die ersten kurzen Wellenritte geschafft! Selbst wenn du noch nicht bereit bist, hast du eine Idee davon, welche Wellen für dich infrage kommen könnten. Das ist gut! Und du weißt auch, an welchen Themen du noch ein bisschen arbeiten musst, um auf die richtige Welle aufzuspringen, das ist noch besser.

Die wichtigsten Merker, um aus deiner Berufung etwas zu machen:

1. Wenn du lernst, vermehrst du dein persönliches Kapital.
2. Du bist nicht langweilig – mit Menschen, die sich für etwas interessieren, spricht jeder gerne!
3. Dein Gehirn ist, was du tust – sorge dafür, dass du das Hirn entwickelst, das du haben willst.
4. Mach dir Dinge interessant – und das Lernen geht von alleine!
5. Mache deinen Körper fit und deinem Hirn geht es ebenso.
6. Die Grenzen deiner Sprache sind die Grenzen deiner Welt – wer nur Dialekt spricht, wird unterschätzt.
7. Kopfnoten öffnen dir die Türen in den Beruf – Techniken und Methoden lernst du später noch viele.
8. Es gibt viele Gefäße für deine Talente!
9. Ein Studium lohnt sich – steh für deine Entwicklungswünsche auch gegen Widerstand ein.
10. Ein Nebenjob ist wie eine Visitenkarte – sie nimmt nicht zu viel Platz ein und sagt das Wesentliche aus.
11. Je mehr du weißt, desto sicherer bist du in deiner Wahl.

III. Die perfekte Welle: Starte durch!

Jetzt weißt du ein bisschen mehr darüber, wer du bist und was du willst. Du hast dich über die Voraussetzungen für deinen Berufswunsch, Traumjob oder Zukunftsplan informiert, jetzt geht es nur noch an die Umsetzung. NUR?

Du kannst etwas dafür tun, deinen Ausbildungsweg so zu gestalten, dass du das Beste daraus mitnimmst und nicht als Opfer des Systems leidest, sondern als Gestalterin deiner Zukunft agierst. Das ist eine große Herausforderung, viele Erwachsene schaffen das bis heute nicht! Wichtig ist, dass du dranbleibst, dass du ausprobierst und Erfahrungen sammelst – und nicht gleich aufgibst, wenn du mal von der Welle runtersegelst. Dazu gehört eine ordentliche Portion Selbstbewusstsein und Durchhaltevermögen, aber auch Leidenschaft und Initiative (remember: Spaß am Lernen). Im Folgenden findest du viele praktische Tipps und Vorschläge, die dir beim Umsetzen deiner Ziele helfen.

SELBSTBEWUSST STATT LEISTUNGSGEDRÜCKT

Mathe-Klausur, Englisch-Vokabeltest, Bio-Referat – dein täglicher Stundenplan ist voll mit Fächern und Anforderungen. Und dann noch ewig lange Hausaufgaben, vielleicht kommt noch Nachhilfe dazu. Deine geliebten Klavierstunden hast du gecancelt, weil du ja doch nicht mehr zum Üben kommst. Vor lauter Stress grummelt dein Bauch, du bist unkonzentriert und schlecht gelaunt. Klar, die Anforderungen in der

Schule steigen Jahr für Jahr, nicht zuletzt, weil die Schulzeit in den Gymnasien von neun auf acht Jahre verkürzt wurde und wird (das ist derzeit von Bundesland zu Bundesland unterschiedlich). Grund dafür ist die globale Konkurrenz, weil wir in Deutschland vergleichsweise lange Ausbildungszeiten haben und der deutsche Nachwuchs im internationalen Wettbewerb mithalten soll. Das ist eine feine Idee, blöd ist aber, dass sich das Lernpensum nicht im gleichen Maße verringert hat, sprich: Schüler und Schülerinnen haben oft eine bis zu 50-Stunden-Woche, ein Pensum, das vielen Erwachsenen viel zu viel ist (bei der Telekom wurde in 2007 für eine 34-Stunden-Woche gestreikt!).

Gute Nacht, G8

Was aber machen, wenn die Gegebenheiten nun mal so sind? Anstatt in die Opferrolle zu schlüpfen, womöglich die Schule zu schmeißen oder in Depressionen zu verfallen: Tu was! Liefere dich nicht dem System aus und lass dich nicht krank machen, **du hast die Möglichkeit, deinen Teil dazu beizutragen, dass deine Schulzeit stressfreier wird.** Denn schließlich willst du etwas lernen, sollst du etwas lernen, damit du eines Tages deinen Traumberuf ergreifen und ein Leben nach *deinen* Vorstellungen führen kannst (und nicht nach denen des Arbeitsamts!). Also, mach dich selbst stark, sorge für dich und reiße mit deinem Elan deine Mitschülerinnen mit. **Gründet eine G8-Initiative** an eurer Schule und kümmert euch darum, dass sich die Bedingungen für euch verbessern. Sorgt für eine Mensa und wenigstens warmes, gesundes (!) Mittagessen, wenn ihr schon zehn Stunden in der Schule sein müsst. Vielleicht organisiert ihr euch eine Kiste „Klassenwasser", ein gut umspültes Hirn lernt nämlich leichter. Schülercafés in Eigenregie funktionieren ebenfalls prima und sind eine gute Gelegenheit zum Entspannen, Teetrinken und Leutetreffen (wenn du schon abends zu müde zum Ausgehen bist …). Irgendein Witz-

bold hat mal gesagt: „Das Schönste an der Schule sind die Pausen" – in diesem Witz liegt viel Wahrheit. Nur wenn du dir regelmäßige Auszeiten gönnst und bewusst vom Lernen auf Freizeit umschaltest, kannst du effektiv lernen, weil du konzentriert und frisch an die Sache herangehst. Richtet in eurer Schule ein Traumzimmer oder eine „Chill-out-Zone" ein, vielleicht macht euer Musiklehrer bei einer Klangmeditation mit oder eure Sportlehrerin zeigt euch Entspannungsübungen, die Nackenverspannungen vorbeugen (siehe auch die Hirn-fit-Übung von Seite 56).
Versuche außerdem, so viel wie möglich *im* Unterricht zu lernen, dann hast du es mit deinen Hausaufgaben leichter und bist schneller durch. Nach dem Motto „Wenn ich schon mal da bin, kann ich auch mitmachen" solltest du dich aktiv am Unterricht beteiligen. Suche dir mindestens drei Lieblingsfächer heraus, in denen du dich besonders engagierst, dann hast du noch mehr Spaß am Lernen. Netter Nebeneffekt: Du fällst deinen Lehrern positiv auf, was sich auch gut auf deinen Notenspiegel auswirkt. Und wenn du vor lauter Büffelei nicht mehr zu deinen Lieblingshobbys kommst, starte eine Umfrage bei deinen Mitschülern und gründet eine Spiele-AG, eine Basketball-AG oder eine Band. So können Freistunden sinnvoll genutzt werden und du gehst deinem Hobby nach ohne großen zeitlichen Mehraufwand.
Auf alle Fälle solltest du auch deine Lernweise überprüfen. Wer in kurzer Zeit viel Wissen in sich reinpauken muss, kann nicht viel Spaß am Lernen entwickeln. Das kannst du ändern, indem du deine Lieblingslernmethoden herausfindest (mehr darüber findest du in „Schmetterlingsflügel für dich") und deinen Tagesablauf optimierst. Das bedeutet, dass du dir ganz klare Strukturen für jeden Tag schaffst – und nicht nur einen Schul-Stundenplan hast, sondern einen kompletten Tagesplan. In diesen trägst du dann ganz bewusst deine Freizeit-Stunden ein, Stunden für dich ganz allein, Stunden für dich und deine beste

Freundin, mit der Clique, zum Shoppen, Tanzen, Nichtstun. Andere reservierst du zum Lernen oder Recherchieren. Das bedeutet nicht, dass du streng geregelt wie unsere Bundeskanzlerin leben musst. So ein Tagesplan erleichtert dir nur ungemein, trotz des hohen Lern-

- **Gewöhne dir geregelte Zeiten für Hausaufgaben an.** Fang ruhig mit dem an, worauf du am meisten Lust hast: Was schnell geht, was dir liegt, was du spontan tun magst.
- **Räum deinen Schreibtisch auf.** Alles, was ablenkt, gehört nicht hierher: Süßigkeiten, Handy oder Krimskrams kommen in die Belohnungsecke: Richte dir einen Ort für Arbeit und einen für Pausen ein, zum Beispiel am Schreibtisch lernen, auf dem Kuschelsofa belohnen!
- **Sorge für Ruhe!** Telefon, Radio, Fernseher oder DVD ausschalten und wirklich nur lesen, schreiben oder was eben zu tun ist.
- **Starte nicht mit hungrigem Bauch** – Nüsse oder Bananen sind Kraftnahrung für deine Gehirnzellen! Achtung: Ungesundes Essen macht müde; im Suppenkoma nach dem fetten Mittagessen ist auch nicht wirklich gut lernen – das ganze Blut hängt im Bauch und ist auf Verdauen programmiert, da hat dein Hirn das Nachsehen!
- **Trinke gut!** Dein Hirn will schwimmen: Trinke vor dem Lernen ein großes Glas stilles Wasser, das ist wichtig für deine Zellen, auch die kleinen grauen.
- **Streck dich, reck dich am offenen Fenster** oder mach fünf Minuten ein paar Übungen aus der Reihe Körper fit – Hirn fit!

pensums, fröhlich und vergnügt zu leben, weil du deine Sachen im Griff hast, genügend lernst und gleichzeitig Freizeit und Freunde hast. Und dann macht das Lernen auch wieder Spaß. Probiere es aus!

- **Schreib dir auf, was zu tun ist,** und am besten auch dazu, wie viel Zeit du dafür einplanen willst. Es gibt ein psychologisches Gesetz, dass du immer so viel Zeit brauchst, wie du hast: Du kannst also eine Interpretation in zehn Minuten oder auch zehn Stunden lang schreiben …)
- **Teile dein Pensum gut ein.** Nicht alles auf den letzten Drücker lernen, sondern eine Woche verteilt den Stoff für die nächste Klausur aufarbeiten. Merkt sich besser und macht auch mehr Spaß.
- **Mache Pausen:** Alle 45 Minuten eine kleine Erholungspause (Fünf Minuten mal an etwas anderes denken, Wasser trinken, Füße vertreten) und regelmäßige komplette Erholungspausen (Raus an die Luft oder in die Badewanne mit deiner Lieblingsmusik. Mindestens eine Stunde weg vom Schreibtisch!).
- **Plane deine Freizeit fest ein.** (Freunde treffen, Kino, Partys müssen drin sein! Aber alles zu seiner Zeit!)
- **Belohne dich!** Nach Mathe und vor Deutsch eine Runde Musik hören, zwischen Englisch und Geschichte kurz mit Jule telefonieren … Mach dich nicht zur Arbeitsmaschine, du bist ein Mensch und Menschen brauchen Motivation.

Zeitfresser-Analyse

Mit diesem Fragebogen kannst du herausfinden, an welchen Stellen du deinen Arbeitsstil optimieren kannst.

Stimmt …	**… fast immer**	**… häufig**	**… manchmal**	**… fast nie**
*1. Mein **Handy** stört mich und die Gespräche sind unnötig lang.*				
*2. Durch Musik oder Fernsehen lasse ich mich **ablenken** und komme dadurch nicht zum Lernen.*				
*3. Gespräche mit anderen (Eltern, Freundinnen etc.) dauern viel **zu lange** und sind im Ergebnis unbefriedigend.*				
*4. Große, zeitintensive Klausurvorbereitungen **schiebe** ich vor mir her.*				
*5. Mir fehlen klare **Prioritäten** und ich versuche, zu viele Aufgaben auf einmal zu erledigen. Durch zu viel Kleinkram konzentriere ich mich zu wenig auf die wichtigsten Aufgaben.*				
*6. Ich lerne fast immer unter **Druck,** weil etwas Unvorhergesehenes dazwischengekommen ist, weil ich zu spät angefangen oder ich mir zu viel vorgenommen habe.*				
*7. Ich habe zu viel **Papierkram** auf dem Schreibtisch. Mein Arbeitsplatz ist unübersichtlicher, als er sein sollte.*				

Stimmt …	… fast immer	… häufig	… manchmal	… fast nie
8. Oft muss ich erledigen, was **andere** hätten tun können.				
9. **Nein-Sagen** fällt mir schwer.				
10. Manchmal fehlt mir die nötige **Selbstdisziplin,** um das, was ich mir vorgenommen habe, auch durchzuführen.				
11. Ich will alles bis ins letzte **Detail** wissen, sodass die Dinge mehr Zeit brauchen als gedacht.				
12. Ich habe **Wartezeiten,** die ich nicht nutze (im Bus, Freistunden, etc.).				
13. Mir fehlt eine klare **Zielsetzung,** so vermag ich keinen Sinn in dem zu sehen, was ich tue.				

Wo immer du „fast immer" ankreuzt, solltest du überlegen, was du anders machen kannst. Sammle zunächst mögliche Aktivitäten, bewerte sie im zweiten Schritt danach, wie gut sie das Problem beheben helfen und wie sehr du motiviert bist, sie umzusetzen: Zum Beispiel gegen zu viel Papierkram auf dem Schreibtisch hilft, sich an einen anderen Tisch setzen, erst mal gründlich aufräumen, alles in eine große Box unter den Tisch … Du wählst aufgrund der Zeitknappheit „an einen anderen Tisch setzen". Vielleicht hat deine Freundin auch noch die eine oder andere Idee.

Pass auf dich auf und ziehe rechtzeitig die Stopp-Bremse, damit du wegen Leistungsdruck und Schulstress nicht abrutschst! Und trau dich, gegebenenfalls professionelle Hilfe zu suchen. Das Eingeständnis psychischer Probleme ist kein Desaster und trifft auch berühmte und erfolgreiche Menschen: Der Skispringer Sven Hannawald hat zum Beispiel wegen Burnout-Syndrom seine Karriere beendet, der Rapper Eminem eine Tournee abgesagt.
Als Stress-Blocker wirken:

- Entspannungstees: Gibt es in der Apotheke.
- Regelmäßig Sport machen und bewegen – Fahrrad fahren, walken oder Mannschaftssport treiben.
- Gesund und ausgewogen essen und viel trinken – kein Fast Food, viel Obst und Gemüse und Kräutertees.
- Richtig schlafen – mindestens sieben bis acht Stunden.
- Regelmäßig Ruhepausen einlegen.
- Nein-Sagen üben (mehr dazu in „Schmetterlingsflügel für dich").
- Auch mal Termine absagen.
- Schüßler-Salz No. 5: Kalium phosphoricum ist der wichtigste Mineralstoff für Nervensystem und Gehirn. In Prüfungszeiten 3-mal täglich eine Tablette nehmen.

Selbstbestimmt zum Traumberuf

Die Berufsentscheidung rückt näher, alle bombardieren dich mit Vorschlägen und Möglichkeiten. Dein Vater hat eine gut florierende Spedition und erwartet, dass du eines Tages als Kauffrau für Spedition und Logistikdienstleistung den Laden übernimmst. Aber dein Abi wird überdurchschnittlich gut ausfallen und du möchtest unbedingt studieren … Oder alle in deiner Familie haben Jura studiert und sind erfolgreiche

So machst du deinen Eltern klar, dass ihr Traumberuf nicht deiner ist:

- Lass sie die Tests aus dem ersten Kapitel machen und zeige ihnen dein Ergebnis.
- Sprich mit ihnen über deine Zukunftsängste, -sorgen, -pläne, -erwartungen.
- Frage sie, wie das bei ihnen damals so war und wie sie zu ihrem Beruf gekommen sind.
- Zeige ihnen deine Informationen, die du über deinen Traumberuf und über die Ausbildungswege gesammelt hast.
- Beweise ihnen, dass dir dein künftiger Lebensweg nicht egal ist, indem du dich schon jetzt engagierst.

Anwälte. Aber dir sind diese langweiligen Paragraphen und die endlosen Plädoyers ein Gräuel, du würdest viel lieber etwas Praktisch-Kreatives machen, mit Blumen oder Menschen zum Beispiel … Oder deine Schwester arbeitet bei einem großen Pharmakonzern und du hättest beste Chancen, nach erfolgreichem Studium ebenfalls dort zu arbeiten. Aber leider stehst du mit Chemie auf Kriegsfuß und interessierst dich mehr für Sprachen …

Natürlich meinen es alle nur gut mit dir, wollen dir helfen, dich nach Möglichkeit unterstützen. Bevor du ihnen jetzt ein rotziges „Das will ich aber so nicht" vor die Füße wirfst und damit womöglich alle geöffneten Türen zuschlägst, besinne dich auf deine Stärken. Wenn du von deinen Eltern ernst genommen werden möchtest, musst du ihnen mit vernünftigen Argumenten kommen. Zeig ihnen, dass du die Sache mit dem Beruf ernst nimmst, zeig ihnen, dass du dich informiert hast und eine Idee von deiner Berufung (siehe erstes Kapitel) hast. Bitte sie, dich auf deinem Weg zu unterstützen, seelisch, moralisch und finanziell, soweit es ihnen möglich ist. Wenn sie wirklich das Beste für dich wollen und merken, dass du dich für deine Sache mit Leidenschaft engagierst, kannst du sie garantiert von deinem Weg überzeugen.

Fettes „No": Ausbildung in der Firma deiner Eltern

Sollten deine Eltern selbstständig sein, mache deine Ausbildung nicht in ihrer Firma! Sammle anderswo Erfahrungen und kehre dann gerne zurück. Dein Vater als Chef, deine Mutter als Chefin – hier lauern Rollenkonflikte (bin ich jetzt Tochter oder Azubi?). Außerdem ist es für die anderen Angestellten schwierig, wenn sie dich heute als Azubi anleiten und sich morgen von dir als Juniorchefin was sagen lassen sollen. Überzeuge deine Eltern, dass du für die Ausbildung in die Fremde ziehst, auf eigenen Beinen stehst, ganz Neues lernen und mitbringen kannst. Der ganze Betrieb wird von deinen neuen Impulsen profitieren. Und du von deiner neuen Selbstständigkeit!

Von unten nach oben

Und wenn du nun mit all den Tipps momentan gar nichts anfangen kannst, weil du mit zwei Fünfen in Hauptfächern gerade befürchten musst, erneut sitzen zu bleiben, und du mit deinen Eltern schon lange nicht mehr vernünftig reden kannst? Weil du langsam Horror vor der eigenen Zukunft bekommst oder ein sarkastisches „Wenn ich erwachsen bin, werde ich mal Hartz IV …" auf den Lippen führst? Weil du dich ganz unten fühlst?

Dann pack dich selbst am Schopf und zieh dich aus dieser Misere heraus und lass dir dabei von anderen helfen. Schritt für Schritt. Denn auch an dir rauschen Wellen vorbei, auf die du aufspringen kannst:

Siehst du dich als „ewige“ Verliererin und andere „immer“ als die Gewinner?

Wann immer etwas schiefgeht (Arbeit verhauen, Vokabeltest vergeigt …), sind die anderen schuld (fiese Aufgaben gewählt, will dich benachteiligen …). Wenn dann doch mal ausnahmsweise was gelingt (eine Eins in Mathe, eine Auszeichnung), war die Aufgabe super easy oder es war ganz einfach nur Glück.

Vorsicht, dass du nicht in ein solches Interpretationsmuster fällst! Suche besser die Ursachen für deinen Erfolg oder Misserfolg und formuliere um:

- Mein Misserfolg liegt an *veränderbaren* internen Faktoren (zu wenig gelernt, das falsche Thema vorbereitet, die Aufgabe nicht gut genug abgesprochen …).
- Mein Erfolg liegt an *stabilen* internen Faktoren (meine Fähigkeiten, Kenntnisse, Talente, Anstrengungsbereitschaft).

Natürlich kannst du trotzdem auf wirklich fiese Umstände stoßen: Du bekommst im Schuljahr alle schlimmen Lehrer deiner Schule auf einmal, deine Eltern trennen sich und dazu zieht noch deine beste Freundin in eine andere Stadt … Wichtig ist deine Einstellung hierzu: **Ein Teil Schicksal, ein Teil du.** An bestimmten Umständen kannst du nichts ändern. Aber du kannst das Beste daraus machen, indem du die Verantwortung für deine Entwicklung übernimmst, dich einsetzt, engagierst und nicht aufgibst. Studien zeigen: Der Weg aus der Dauerarbeitslosigkeit führt nicht nur über Erwerb fachlicher Kompetenzen, sondern insbesondere über eine Veränderung der Einstellung: Verantwortungsübernahme statt Schuldzuweisung.

Sprich mit den Lehrern, die deine Leistungen mangelhaft bewerten: Was kannst du tun, um auf eine Vier zu kommen?
Sprich mit deinem Vertrauenslehrer über deine schulische, aber auch deine psychische Situation, gegebenenfalls auch über einen Schulwechsel. Ein Neuanfang wirkt manchmal Wunder. Nutze die Chance, woanders neu aufzutreten, gerade dann, wenn du das Gefühl hast, auf deiner Stirn sei „Loser" eintätowiert.
Suche dir andere Erwachsene als deine Eltern (deine Tante, ein Freund der Familie), um Möglichkeiten zu besprechen, sie haben mehr Distanz zu dem Thema. Wichtig ist, dass du ihnen vertraust. Bitte sie, dich gegebenenfalls bei einem Gespräch mit deinen Eltern zu unterstützen.
Wenn du eine erste Idee hast, dass du zum Beispiel die Noten in Mathe und Deutsch verbessern willst, mach konkrete Pläne: Bitte deine Lehrer, dich zu unterstützen, dir Tipps für Aufgaben zu geben oder dich besonders zu fördern. Ist die Erde mit den bestehenden Lehrern leicht angebrannt, bitte deinen Vertrauenslehrer zu dem Gespräch hinzu. Bist du wirklich „unten durch" (wichtig: Lehrer bewerten es oft negativer, wenn sie denken, du willst einfach nicht, als wenn sie denken, du kannst es nicht besser), ist ein Schulwechsel sinnvoll. Wenn du vorhast, die Schule zu wechseln, informiere dich gründlich und sprich mit deinen Eltern. Zeige ihnen auf, was du mit dem Wechsel erreichen willst und wie du dafür sorgen wirst, dass das klappt. Formuliere auch, welche Unterstützung du von ihnen brauchst. Mit dem Wechsel kann die Enttäuschung verbunden sein, „nur" mittlere Reife und kein Abi zu machen. Oder du entscheidest dich für den Weg zum Fachabi statt der allgemeinen Hochschulreife. **Was auch immer du tust, um aus dem derzeitigen Tief herauszukommen und wieder einen Lichtstreif am Horizont zu sehen, ist gut** (remember: Lernen geht gut mit positiven Emotionen). Denn es gibt auf jeden Fall

eine zweite Chance, wenn du dich erst aus dem Sumpf gezogen hast: Viele erfolgreiche Menschen sagen, sie haben erst nach einer Krise und einem Neuanfang den Kick bekommen zu lernen und Spaß am Erfolg entwickelt. Aufsatteln kannst du immer noch: vom Fachabi zur Ausbildung mit Berufsakademie oder zum Fachhochschulstudium und dann weiter. Du kannst auch nach einer Ausbildung mit Meistertitel zum Studium kommen. Kaum eine berufliche Entscheidung ist in Stein gemeißelt, immer tut sich noch ein neuer Weg auf. Du brauchst nur den Mumm, ihn zu beschreiten (remember: Auch verschlungene Wege führen zum Ziel).

Etwas anderes ist der Druck, nicht *zu* gut zu werden. Kann sein, dass deine Clique es viel besser findet, wenn du nicht so gute Noten hast, und dass Streber verpönt sind. Oder deine Eltern sind als Facharbeiter der Meinung, ein Ausbildungsberuf reicht für dich völlig aus. Mach dir bewusst, dass nur zählt, was *du* erreichen willst. Sammle Argumente, suche dir Unterstützer, geh *deinen* Weg!

Entfessle Dschinni, deinen hilfreichen Flaschengeist

Kennst du Aladins Wunderlampe? Aladin findet eine Lampe, in der ein Flaschengeist lebt, der ihm hilft zu sein, was er will, und zu bekommen, was er möchte (in seinem Fall: eine tolle Prinzessin). Beschreibe deiner Freundin eine Situation, in der du gerne einen guten Geist hättest. Zum Beispiel, wenn dein Lehrer dich eindringlich befragt oder deine Eltern ihre Sorgen um deine Zukunft wieder mal in Vorwürfen verpacken.

Setz dich mit deiner Freundin gemütlich hin. Du schließt die Augen und erzählst, was in der Situation passiert und was du machst. Deine Freundin befragt dich nun zu deinem Dschinni, dem Geist, der nur für dich aus der Flasche kommt und dir Kraft gibt. Deine Freundin stellt dir öffnende Fragen:

- *Wo siehst du deinen Dschinni? Wie sieht er aus?*
- *Wie schaut er? Was macht er?*
- *Was sagt dein Dschinni zu dir, um dir Kraft zu geben?*
- *Woran merkt dein Dschinni, dass du ihn rufst?*
- *Wie geht es dir, wenn dein Dschinni da ist?*

Du hältst die Augen geschlossen, stellst dir deinen Dschinni vor und beantwortest deiner Freundin die Fragen. Zum Beispiel siehst du Dschinni hinter der Schulter deines Lehrers an der Tafel, er ist klein und grün, lächelt dir zu, streckt den Daumen hoch und sagt: „Du schaffst das!" Du spürst, dass du sicherer wirst, und weißt, dass du eine Antwort findest.

Wenn du dir keinen Geist aus der Flasche vorstellen magst, sondern lieber einen Engel, Pumuckl, Popeye, Pikachu oder Lara Croft – auch gut. Wenn du in die schwierige Situation kommst, aktivierst du dann deinen guten Geist, indem du sie oder ihn innerlich rufst.

DAS PERFEKTE REFERAT

Eine gute Sprache, ein guter Ausdruck ist eine Sache (remember: Eindruck durch Ausdruck, siehe auch Seite 57). Vor anderen einen Vortrag zu halten, ist eine ganz andere Herausforderung. Nicht jeder hat Spaß daran, sich vor versammelter Klasse hinzustellen und eine halbe Stunde lang zu referieren. Oder, noch schlimmer, du bist total unmotiviert, weil du die ganze Zeit schnarchig-langweilige Vorträge im Ohr hast – das Streberreferat oder Opas Rede zum 50. Geburtstag deiner Tante!

Und dann noch so ein Thema wie „industrielle Revolution"!

Der Trick: **Besser machen und positiv denken!** Erinnere dich an ein Superreferat oder an die überzeugende Rede eures Schulsprechers. Das war so klasse, weil die Redner von ihrer Sache begeistert und überzeugt waren – und ihre Zuhörer entsprechend mitgerissen haben. Tu also etwas dafür, dass das Thema für dich spannend und interessant wird, picke dir einen besonderen Aspekt heraus.

Wenn in dir Begeisterung und Leidenschaft brennen, kannst du andere auch dafür entflammen.

Echt Einstellungssache!

Egal, ob du sagst, es ist interessant oder es ist langweilig – du hast immer recht. Kofi Annan, UN-Generalsekretär, hat mal gesagt: „Optimisten und Pessimisten haben beide recht – nur, Optimisten haben mehr Spaß am Leben." Es kommt auf deine Einstellung an. Wenn dir Referatsthemen wie „industrielle Revolution", „Überfischung der

Meere" oder „Klimawandel" bis gestern nur ein Gähnen entreißen konnten, ist heute der Tag, das zu ändern: Stell dir vor, du bist Journalistin: Wetten, es gelingt dir, als „Themen-Forscherin" auch aus einem gestern noch langweiligen Thema heute eine spannende Botschaft rauszuholen? Frage dich immer vorher: Was macht das Thema am ehesten interessant für dich? Welchen Bezug hast du selbst zum Thema? Denke in BILD-Schlagzeilen, finde heraus, wie die BRAVO Girl das Thema darstellen würde, überlege, wen du gerne zu dem Thema interviewen würdest – egal ob historische oder heute lebende Person. Ein gedachtes Interview mit deiner eigenen Ururoma, einer Schneiderin, zur industriellen Revolution? Ein imaginierter Tag mit einem Greenpeace-Aktivisten in einem Fischfanggebiet? Eine per Rollenwechsel ausgeführte Befragung der OSCAR-Preisträger, was sie (außer Hybridautos fahren) tun, um den Menschen den Klimawandel bewusst zu machen? Das macht Laune und hilft ungemein motiviert, das zu recherchieren, was du zum Thema noch nicht in deinem Kopf hast (remember: Positive Emotionen helfen lernen).
Du merkst: Du kannst deine Einstellung beeinflussen. Probiere es aus!

Starke Gedanken machen starke Muskeln
Welchen Einfluss unsere Einstellung auf uns und unseren Körper hat, kannst du sogar spüren: Wenn du an etwas Ätzendes oder Doofes denkst, verändert sich deine Muskelspannung und du wirst schwach und schlapp. Denkst du an ein positives Ereignis, werden deine Muskeln dagegen stark. Was passt wohl besser, wenn du etwas meistern willst?

Ungeliebte Störer: Zwischenfragen

Ob Schlaumeier oder strenge Personalchefs: Zwischenfragen können, müssen dich aber nicht aus dem Konzept bringen!

Sage gleich am Anfang, dass Fragen im Anschluss an dein Referat oder Vortrag gestellt werden sollten.

Wirst du doch unterbrochen, wiederhole die Frage in deinen Worten laut. So antwortest du nicht an der Frage vorbei, alle deine Zuhörer verstehen, worüber du gleich sprechen wirst, und du gewinnst Zeit, um eine passende Antwort zu finden.

Pariere die Frage mit einer der folgenden Möglichkeiten:

Gib die Frage weiter: „Eine interessante Frage. Was meint ihr dazu?" (Gut, wenn du noch keinen blassen Schimmer hast.)

Beantworte die Frage kurz und knapp. (Gut, wenn es eine recht einfache Frage ist.)

Notiere die Frage (Tafel oder Flip-Chart) oder bitte, die Frage aufzuschreiben, um sie im Anschluss an deinen Vortrag zu beantworten. (Gut, wenn es eine komplizierte Frage ist.) Aber nicht vergessen!

Sage offen, dass du das für heute nicht vorbereitet hast und bei Interesse nachreichen wirst. (Die einzige Lösung, wenn du wirklich keine Antwort hast.)

Wichtig: Kommentiere nie die Frage, nach dem Motto „Das ist aber eine doofe Frage" oder „Typisch, dass du so eine Frage stellst".

Gute Vorbereitung ist die halbe Miete …

Sammle erst mal alles, was dir zum Thema einfällt, das nennt man **Brainstorming.** Nicht hinterfragen, sondern aufschreiben! Auswählen kommt später. Zur „Überfischung" findest du: Heilbutt, Ökosysteme, Fischerei, Nahrungskette, Umweltverschmutzung, Großfangflotten.

Schreibe dir vor den weiteren Nachforschungen auf der Basis dieser Ideen **Fragen** auf, sie geben dir einen guten Rechercheleitfaden und erste Ideen zur späteren Strukturierung des Referats.
Bevor du schreibst, stell sicher, du weißt, was du sagen willst. Wenn du statt deines Referats nur eine SMS schicken dürftest, wie ist deine höchstens 160 Zeichen lange **Kernbotschaft?**
Ein **roter Faden** heißt, eine gute Struktur haben: Packe Themen-Päckchen, nicht mehr als fünf Päckchen, sonst überforderst du das Gedächtnis deiner Zuhörer. Mit diesen Päckchen untermauerst du deine Kernbotschaft. Natürlich nutzt du dabei deine Rechercheergebnisse.

Überzeugt überzeugen

Die Struktur „Situation, Komplikation, Frage, Antwort" kannst du auf viele Lebensbereiche anwenden. Probiere es aus:
Sich beschweren: Ich habe bei Ihnen gestern dieses T-Shirt gekauft (Situation). Die Naht ist kaputt (Komplikation). Was tun? (Frage). Tauschen Sie es mir um (Antwort).
Bewerbung schreiben: Sie suchen eine engagierte Aushilfskraft. Ich bin seit zwei Jahren als … aktiv. Was liegt nahe? Wir sollten uns kennenlernen.
Um Unterstützung bitten: Ich habe zwei Stunden alleine gelernt. Trotzdem hab ich das nicht verstanden. Was tun? Erklär du's mir bitte.
Eltern überzeugen: Ich möchte aufs Konzert. Es geht bis 23 h und es fährt kein Bus mehr. Wie lösen wir das? Annes Mutter holt uns ab.

Bereite die **Einleitung** vor: Wer sind meine Zuhörer? Was fragen die sich, wenn ich zum Thema Überfischung in der Nordsee spreche? Welche Antwort will ich geben? Und ist diese Antwort eine Antwort auf die Frage der Zuhörer?
Formuliere die Einleitung: Nach dem *„Interessewecker“* (zum Beispiel ein Zitat oder eine Frage) kommt ein Satz zur *Situation,* eine Beschreibung des Themas, zu der deine Zuhörer unbedingt Ja sagen. Dann kommt die sogenannte *Komplikation,* der Grund, weshalb es sich lohnt, deinem Vortrag zuzuhören. Danach erwähnst du die *Frage,* die sich aus beiden ergibt. Und dann nennst du deine *Antwort* – deine Kernbotschaft. Dieses Pyramidenprinzip von Barbara Minto findest du ausführlich in *Schmetterlingsflügel für dich.*

… dein Auftritt ist die andere Hälfte!

„Eine gute Rede hat einen guten Anfang und ein gutes Ende – und beide sollten möglichst dicht beieinanderliegen“, sagte Mark Twain (1835–1910).

Das Reden klappt prima, wenn du folgende Tipps berücksichtigst:

- Mache vorher einen Probedurchgang, ob Generalprobe mit deiner Freundin oder Üben vor der Zimmerpflanze, beides hilft.
- Achte darauf, nicht länger als die vereinbarte Zeit, maximal 30 Minuten, zu reden.
- Sprich im Stehen, wenn du die Füße mit ca. 20 cm Abstand nebeneinanderstellst, bist du gut geerdet.
- Atme tief in den unteren Bauch, das macht dich ruhig und deine Stimme angenehm tiefer.
- Halte das Referat frei – ein Script mit Stichpunkten und markierten Sprechpausen hilft dabei.
- Wähle einen Einstieg, der dir 100 % Aufmerksamkeit garantiert. Lerne den ersten Satz auswendig, das hilft auch gegen eine zittern-

de Stimme als Begleiterscheinung von Lampenfieber.

- Sprich in angemessenem Tempo und deutlich: Formuliere kurze, klare Sätze mit bildhafter Sprache, Metaphern und Beispielen.
- Nutze die vorhandene Technik: Gestalte Folien, skizziere etwas spontan, gib – wenn sinnvoll und üblich – Thesenpapiere aus.
- Halte Blickkontakt mit deinen Zuhörern und setze Gestik und Mimik ein, korrigiere dich sachlich bei Versprechern oder Verhasplern.
- Bei einer Denkblockade wiederhole deinen letzten Punkt oder frag offen: „Was fragt ihr euch jetzt?"
- Fasse am Ende alle wichtigen Informationen zusammen, bedanke dich für Interesse, nie für Geduld. Und: Lerne die zwei Schlusssätze auswendig.
- Hole nach dem Referat Feedback ein: Was war gut? Was kannst du verbessern? Denke daran: Nach dem Referat ist vor dem Referat!

Texte bearbeiten, Merkleistung erhöhen!

Um Informationen dauerhaft im Gedächtnis zu speichern, musst du die Inhalte möglichst aktiv verarbeiten:

- Markiere im Text – hierdurch unterscheidest du wichtig von unwichtig, Achtung: nicht mehr als ein Satz pro Absatz!
- Fasse in deinen Worten zusammen – verdichte Aussagen, trage es dir selbst oder anderen vor.
- Stelle deine persönlichen Fragen und beantworte sie danach – „Was wäre ein weiteres Beispiel für ...?", „Was sind Vor- und Nachteile von ...?".
- Skizziere Beziehungen – ein Mindmap kennst du aus „Schmetterlingsflügel für dich".

Schleifchen drum – Rhetorik zum Geburtstag …
Nicht nur zum Verbessern deiner Präsentationsfähigkeit, auch zu Zeitmanagement und Lernen gibt es inzwischen viele Seminare speziell für Schüler und Schülerinnen. Hier lernst du – gemeinsam mit anderen – etwas über das Funktionieren deines Gehirns, Arbeitstechniken und das Aufnehmen und Behalten von Informationen. Frage in deiner Schule nach oder google dazu ein Angebot in deiner Nähe – vielleicht machen deine Freundinnen mit. Das ist doch mal ein sinnvolles Geschenk von Oma und Opa zum nächsten Geburtstag …

PRAKTIKUM IST GAR NICHT DUMM

Meist in der neunten Klasse steht es an, für üblicherweise zwei bis vier Wochen ein Betriebspraktikum zu machen. Betriebspraktikum, das klingt für dich vielleicht nach: Haare beim Frisör zusammenfegen, den Arzthelferinnen Kaffee kochen oder sich beim Bäcker blöde Sprüche über die Jugend von heute anzuhören. Nachdem du dir womöglich, um eine Praktikumsstelle aufzutreiben, die Füße platt gelaufen hast und von allen Seiten gehört hast „wir haben schon einen Schülerpraktikanten für diese Zeit, nein, zwei können wir nicht nehmen" oder „da hätten Sie mal vor vier Monaten kommen sollen, jetzt geht nichts mehr …".
Na prima, denkst du, hätt ich mich mal besser nicht von der Jungs-Clique anstecken lassen mit ihrem „lässig, lässig, Frau Lehrerin, das ist doch erst in einem Jahr relevant …" Jetzt stehst du vielleicht da und hast zwei Wochen vor Start die Wahl, als Vegetarierin beim Metzger zu stehen oder als Frostbeule im Gartenbaubetrieb deine Zeit zu ver-

Praktikums-Auswahlquadrat

Dieses Quadrat kann dir helfen, eine Vorauswahl möglicher Praktikumsstellen zu treffen. So gehst du vor:

Schritt 1: Sammle alle mögliche Firmen oder Organisationen für dein Praktikum, indem du zum Beispiel Eltern, Bekannte, Lehrer fragst, in deiner Stadt herumschaust oder das Branchenbuch durchblätterst.

Schritt 2: Bewerte dann die Alternativen auf den beiden Skalen „Attraktivität" und „vorhandenen Kontakten".

Schritt 3: Entscheide, worum du dich zuerst kümmerst: Starte im oberen rechten Feld oder erprobe deine Problemlösungskompetenz an denen, die eine hohe Attraktivität haben, in die du aber keine Kontakte hast: Wen kannst du ansprechen? Wie kannst du dich informieren?

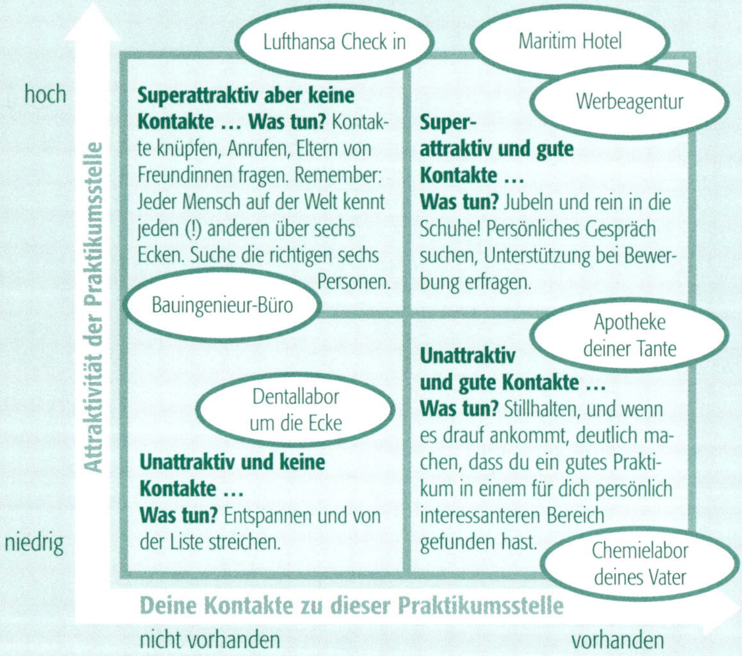

bibbern. Das muss nicht sein. Wenn du dich, sobald das Thema auf dem Stundenplan steht, damit richtig beschäftigst, hast du gute Chancen, aus dieser Zeit echt mehr zu machen.

„Damit richtig beschäftigen", heißt drei Dinge tun:

- Überleg dir, worauf du Lust hast und welcher Beruf dich neugierig macht. Checke deine Talente (siehe Kapitel 1).
- Sprich Eltern, Freunde der Eltern, Nachbarn an. Vielleicht erzählen sie dir von Berufen, von denen du noch nie gehört hast. Vielleicht bieten sie an, Kontakte zu knüpfen oder dich zu empfehlen. Womöglich kennen sie Betriebe, die Schülerpraktika anbieten, oder beschließen, in ihrer Abteilung so eine Stelle einzurichten.
- Schreib rechtzeitig Bewerbungen, am besten gleich mehrere – verlass dich nicht auf eine Sache. Deine Schule hat zum Thema „Bewerbung schreiben" sicher eine Unterrichtsreihe eingeplant. Ab S. 126 findest du weitere hilfreiche Tipps.

Schnupper mal in Ausbildungsberufe!

Überlegst du dir, einen gewerblich-technischen, kaufmännischen, pharmazeutischen oder verwaltungsbezogenen Ausbildungsberuf zu ergreifen, und möchtest dich vergewissern, dass das Berufsbild deinen Erwartungen entspricht, dann ist Folgendes vielleicht etwas für dich: Viele Firmen bieten einen Schnuppertag oder aber eine „Schnupper Lehre" oder ein „Schnupper-Praktikum" von circa einer Woche Dauer an. In dieser Woche kannst du im Unternehmen typische Aufgaben unter Anleitung übernehmen und den Beruf einfach erleben. Unternehmen bieten dies zum Beispiel für Ausbildungen wie

- Industriekauffrau
- Elektronikerin
- Kauffrau im Einzelhandel
- Pharmakantin
- Mechatronikerin

Im Internetauftritt der Firmen findest du Hinweise auf Schnupperpraktika und teils Erfahrungsberichte ehemaliger Praktikanten. In Foren zum Thema Schnupperpraktikum erfährst du auch, was nicht so toll läuft. Bei beiden lohnt es sich, mal vorbeizusurfen! Sei dabei vorsichtig, welchen Zeitraum du wählst, in der Vorweihnachtszeit kann das „Schnuppern" zum Beispiel im Einzelhandel ein ziemlicher Knochenjob ohne Möglichkeit zu Gesprächen mit Angestellten sein.

Quadratisch, praktisch, gemein – die gute alte Plus-Minus-Liste

Wenn bei dir gerade eine wichtige Entscheidung ansteht, nimm ein Blatt Papier und schreibe deine Entscheidungsfrage oben drauf, zum Beispiel „Soll ich das Praktikum bei der XYZ-AG machen?". Ziehe einen Strich in der Mitte des Papiers von oben nach unten. Schreib links vom Strich die Argumente dafür („Pro" oder „+") und rechts die dagegen („Contra" oder „–") auf. Vorteil: Was du klar schwarz auf weiß vor deinen Augen hast, spukt nicht mehr wirr in deinem Kopf rum. Listenarbeit ist erst mal Kopfarbeit, lass deinen Kopf also eine Wahl treffen: ja oder nein, dafür oder dagegen? Höre in jedem Fall auch auf deinen Bauch: Beobachte dich beim Ausfüllen der Liste! Was schreibst du gerne rein? Was kostet dich Überwindung? Welches sind die wichtigen, welches die nebensächlichen Argumente? Frag deinen Bauch, was meint er zur Entscheidung? Wird er dir in einem halben Jahr sagen: „Ich hab gleich gewusst, dass du die XYZ-AG lieben wirst", oder: „Ich hab sofort gespürt, das wird dir zu viel"? Vielleicht stellst du fest: Du kannst das jetzt noch nicht entscheiden, dir fehlen Informationen oder Meinungen. Dann nichts wie los, Informationen sammeln und Liste so lange fortschreiben, bis dir die Entscheidung klar vor Augen ist.

Seminare zur Berufsorientierung

Steht dein Schulabschluss an und du findest es interessant, verschiedene Berufe unter die Lupe zu nehmen? Jugendbildungswerke bieten zur Hilfe bei der Berufsorientierung kostenlose Seminare an. Dort werden auch Betriebsbesichtigungen, Gespräche und Praktika vermittelt. Was in deiner Nähe ist, weiß das Internet unter Stichwort Berufsorientierung/Termine 2008/(deine Stadt), siehe auch Seite 78.

Freiwilliges Ferienpraktikum – aus Lust und Laune

Schülerinnen aller Schulformen können je nach Absprache zwei bis sechs Wochen während der Ferienzeit unverbindlich in einen Beruf oder eine Branche hineinschnuppern. Die Ausgestaltung wird in der Regel individuell zwischen Praktikant und Praktikumsbetrieb vereinbart. Leider gibt's dafür kein Geld, denn dann wäre es ein Ferienjob und im Vordergrund stände nicht lernen, sondern arbeiten.

Atme doch mal Uni-Luft

Du interessierst dich für Chemie, Mikrobiologie, Physik oder Technik und weißt schon, dass du mal was Naturwissenschaftliches machen möchtest? Die technischen Fakultäten vieler Universitäten bieten Praktika an. In den Semesterferien stehen die Labore für die Schnupperpraktikanten offen und Experimente und Versuche werden angeboten. Manche Unis bieten sich auch für das zwei- bis vierwöchige Betriebspraktikum an, um richtig in das Uni-Leben einzutauchen. Gerade wenn in deiner Schule ein zweites Praktikum in der zehnten oder elften Klasse

auf dem Stundenplan steht, nutze die Möglichkeit, vorab viel über dein Wunschstudium in Erfahrung zu bringen.
In jedem Fall kannst du als leidenschaftlicher Naturwissenschafts-Crack deine Lehrer auf *diese* Möglichkeit hinweisen: Ab elfter Jahrgangsstufe könnt ihr als Gruppe unterrichtsbegleitend Führungen und Experimentiertage an der Uni besuchen und in Kleingruppen an Anlagen experimentieren oder Versuche machen.

Lohnt sich ein Studium?
Finanziell allemal: Nach einer Untersuchung erhöht jedes Ausbildungsjahr das spätere Einkommen um acht Prozent. Dabei sind die ersten Jahre die wertvollsten. So liegt der durchschnittliche monatliche Bruttoverdienst von jemandem mit Studium mit durchschnittlich 4.000 Euro mehr als doppelt so hoch wie bei jemandem, der ohne Schulabschluss einen Job ausübt.

Ehrenvolle Aufgaben im Ehrenamt

Es gibt Jobs, Berufe – und Ehrenämter. Das ist ein ehrenvolles und freiwilliges öffentliches Amt, wofür du keinen Lohn erhältst. Die Statistik sagt, dass sich jeder dritte Deutsche irgendwo freiwillig engagiert. Wie ist das bei dir? Gehörst du zu denen, die bei jedem Schulbasar, Vereinsheimputzen oder Spendensammeln dabei sind? Oder verkrümelst du dich lieber in die hintere Ecke, nach dem Motto „That's not my job!"?! Mal abgesehen davon, dass jede Gesellschaft vom Mitmachen lebt, ist so ein Ehrenamt eine prima Gelegenheit, „arbeiten" zu trainieren und herauszufinden, was dir Spaß macht und welche Tätigkeiten dir weniger liegen. **Wie im späteren Job übst du hier schon mal Pünktlichkeit, Zuverlässigkeit, übernimmst Verant-**

wortung und setzt dich mit deinen Mitmenschen, eventuell auch mit einem „Chef" auseinander. Also, pack es an, ob Naturschutz-AG, Schüler-Café oder Übungsleiterassistentin im Turnverein, hier werden überall engagierte Mädchen wie du gesucht, die tatkräftig mit anpacken. Probiere aus, welche Jugendgruppe zu dir passt, ob du es magst, wenn dir ständig einer sagt, welche Stühle du rücken sollst, oder ob du selbst es bist, die den Ton angeben will.

Es gibt viele Möglichkeiten, sich sozial zu engagieren, zum Beispiel hier:

- Alten- und Pflegeheime
- Caritas
- Diakonie
- Freiwillige Feuerwehr
- Katastrophenschutz
- Kindergarten
- Kirche
- Krankenhäuser
- Kulturverein
- Natur- und Umweltschutz
- Schule
- Sportverein
- Telefonseelsorge
- Tierschutzverein

Willst du hier richtig etwas bewegen und bist mindestens 16 Jahre alt, ist vielleicht das freiwillige soziale Jahr etwas für dich. Es dauert zwischen 6 und 18 Monate. Mögliche Einsatzbereiche sind sozial-karitativ oder gemeinnützig – das umfasst auch die Bereiche Kultur, Sport und Denkmalpflege. Auch ein freiwilliges ökologisches Jahr gibt es. Es gibt für alle neben Ruhm und Ehre ein Taschengeld und die Anrechnung als Wartezeit für ein späteres Studium mit Zulassungsbeschränkung (siehe Numerus clausus Seite 75).

Ab ins Ausland: vom Schüleraustausch zum Auslandstudium

Fremde Länder haben ihre Reize. Mag sein, dass du zu diesen Menschen gehörst, die sich im Ausland wie zu Hause fühlen, für dein Leben gerne umherreist oder dich womöglich längst in ein bestimmtes Land, in eine bestimmte Stadt verliebt hast. Das macht eine Berufsentscheidung nicht leichter, denn zu der Frage „Was will ich einmal werden?" kommt die nächste: „Wie kann ich das im Ausland machen?" **Gute Sprachkenntnisse in den grundlegenden Fremdsprachen wie Englisch, Französisch und/oder Spanisch sind natürlich die Basis für jeden Job im Ausland.** Wenn du also, rein fremdsprachlich gesehen natürlich, eine absolute Niete bist, solltest du dir das mit der Deutschlehrerin in Peru noch mal gründlich überlegen. Um herauszufinden, ob du dich in Australien oder in Frankreich wohler fühlst, welche Sprache und Kultur dir besser liegen, hast du in der Schule bereits einige Möglichkeiten. Viele Schulen bieten bilingualen Unterricht an und haben Schüleraustauschprogramme in der ganzen Welt. So ein Schüleraustausch ist eine grandiose Sache. **Reisen bildet und macht Spaß!** (Remember: Grenzen erweitern.) Du lernst Sprache und Menschen live und in Farbe direkt vor Ort kennen (und nicht nur in so einem öden Schulbuch!), weil du meist in einer Gastfamilie untergebracht bist. Oft sind an so einen Austausch seitens der Schule Bedingungen geknüpft: Du musst dich bewerben, deine Arbeitsweise, Sozialkompetenz und schulischen Leistungen werden geprüft. Und du musst an Projektarbeiten teilnehmen und die Ergebnisse hinterher präsentieren. Das alles sind gute Übungen für dein späteres Berufsleben –Sprachkenntnisse, Flexibilität, Engagement, Allgemeinwissen, Präsentation. So ein Schüleraustausch ist eine günstige Gelegenheit, um andere Länder und Kulturen kennenzulernen, weil du in Gastfamilien untergebracht bist und meistens nur die Reisekosten zu zahlen hast.

Nach dem Schulabschluss aktiv im Ausland: Wenn du mindestens 16 bist, hast du einige Möglichkeiten, im Ausland aktiv zu sein.

Praktika: Was in Deutschland klappt, funktioniert auch im Ausland, warum also nicht in Italien bei einer Werbeagentur mal über die Tastatur lunsen? Unter ***www.europabuero.de*** findest du jede Menge hilfreicher Tipps. Das *Europabüro München* ist eine ehrenamtliche Jugendgruppe, die sehr umfangreich zu Auslandsaufenthalten und den finanziellen Bedingungen informiert.

Workcamp: Internationale Jugendcamps, bei denen gemeinschaftlich bestimmte Arbeiten verrichtet werden, zum Beispiel Umweltschutzarbeiten, die Organisation eines Musikfestivals oder die Restaurierung einer alten Kirche. Mehr Infos zum Beispiel unter ***www.workcamps.at.***

Sprachreisen: Gibt es von vielen Anbietern, nach England, Frankreich, Spanien. Achte auf seriöse Anbieter, am besten fragst du eine Person deines Vertrauens nach ihren Erfahrungen mit dem Veranstalter und folgst gesammelten Empfehlungen!

Au-pair: Hier kümmerst du dich für ein Jahr bis zu zehn Stunden täglich um die Kinder deiner Gastfamilie, bekommst ein kleines Taschengeld, Unterkunft und Verpflegung sowie die Möglichkeit, an einem Sprachkurs teilzunehmen. Bitte informiere dich gründlich, zum Beispiel unter ***www.aupair-invia.de*** oder ***www.guetegemeinschaft-aupair.de.***

Eine organisierte Sprachreise dagegen kann für zehn Tage schon mal über 1.000 Euro kosten.

Später im Lebenslauf für den ersten Job macht sich ein Auslandspraktikum besonders gut. Es zeigt, dass du über den nationalen Tellerrand hinausschaust, dich was traust und neugierig auf neue Erfahrungen bist. Personalentscheider notieren dann folgende Pluspunkte auf ihrer Checkliste: **Flexibilität, Mobilität, globales Denken und Anpassungsfähigkeit.** Es kann sein, dass der Organisationsaufwand größer ist als gedacht: Vielleicht brauchst du eine Arbeitserlaubnis oder ein Visum, es macht also Sinn, mit der Planung für ein Auslandspraktikum mindestens ein Jahr vor dem Wunschtermin zu beginnen. Wichtig ist es auch, Besonderheiten bei der Bewerbung in den Ländern zu beachten. Wusstest du zum Beispiel, dass du in Amerika an der Bewerbung weder Alter noch Geschlecht erkennen darfst? Dort bewirbt sich Carla Shaw als C. Shaw und das natürlich ohne Foto. Das ist eine Folge der strengen Antidiskriminierungsgesetze dort.

IM PRAKTIKUM UND DANACH

Nach all dem Vorbereiten und Bewerben vor doch schon so langer Zeit … Plötzlich ist er da, der erste Praktikumstag und mit ihm eine sehr unbekannte Situation: an einem neuen Ort, mit lauter neuen Leuten. Du hast vielleicht weiche Knie und denkst dir: Hilfe, hätte ich vielleicht doch besser gemeinsam mit Vanessa in der Apotheke …? Dann wäre ich nicht so allein hier in der Werbeagentur mit all diesen geschäftigen Menschen …"
Das ist ganz normal! Wahrscheinlich hast du Glück und dein Praktikumsbetreuer zeigt dir alles (Wer macht was? Wo sind Kaffeemaschine und Klo? Was macht ihr in Sachen Mittagessen? Wo bekommst du was zu trinken, wie wird das Rauchen gehandhabt? Wo wirst du sitzen? Wen kannst du fragen?). Sicherheitshalber fragst du ihn oder sie, wie viel Zeit sie eingeplant hat, dich zu empfangen und dir alles zu zeigen: Ist die Antwort 15 Minuten, dann weißt du, dass du wohl heute zu-

nächst mal viel schauen sollst. Ist die Antwort 45 Minuten oder mehr, sag freundlich, dass du dich freust, schon einige für dich wichtige Fragen gleich zu Anfang zu stellen.

„Die Liste der 10 positiven Dinge"

Achtung, große Herausforderung! Du willst eigentlich gar nicht zu diesem Praktikum, hast aber vertrödelt, dich um etwas Passenderes zu kümmern. Klar kannst du zwei Wochen dort als gelangweilte, schlaffe Puppe rumhängen, die nur mit Blicken und Stöhnen den Kolleginnen klarmacht, dass sie wohl total dämlich sind, den ganzen Tag im kalten Blumenladen mit schwieligen Fingern alte Damen zu bedienen. Du kannst aber auch das Beste daraus machen: Schreib auf eine Liste mindestens 10 Punkte, die du am Praktikum im Blumenladen gut findest: … dass Musik an ist, … dass du in Jeans kommen kannst, …dass du die Ergebnisse deines Praktikums für deinen Bericht fotografieren kannst, … dass du als Einzige in der Klasse mal in die Großmarkthalle darfst … So sieht deine Liste aus:

1.	....	6.	....
2.	....	7.	....
3.	....	8.	....
4.	....	9.	....
5.	....	10.	....

Du siehst, wenn du suchst, findest du auch in doofen Dingen eine gute Seite. Dass du diese Bonbons kennst, wird dein Auftreten im Praktikum positiv verändern. Als Ergebnis wirst du viel mehr Spaß haben und eine bessere Bewertung bekommen als die miesepetrige, unzufriedene Tante, die alles blöd findet. Übrigens: Diese Positiv-Liste funktioniert auch prima in anderen Lebenslagen!

Networking ist alles

Gleich vorneweg: Wie eine Klette an den ersten Menschen hängen, der dich beim Praktikum nett empfangen hat, ist menschlich … Hilfreicher ist es, wenn du diesen ersten Kontakt nutzt, um von ihm oder ihr überblicksartig herauszufinden, wer die anderen in diesem Laden sind, um sie dann später ganz natürlich anzusprechen. Diesen ersten Kontakt so klug zu nutzen, aber nicht auszunutzen, gelingt dir am besten, wenn du schon ein paar W-Fragen vorbereitet hast:

- **Wer** ist hier wofür zuständig?
- **Welche** verschiedenen Ausbildungshintergründe haben die Leute?
- **Wer** arbeitet wie lange schon hier?
- **Woher** kommen die Menschen zur Arbeit?
- **Wer** hat vielleicht selbst mit einem Praktikum begonnen?
- **Wer** ist Ausbildungsbetreuer oder in Berufsverbänden aktiv und kann für dich besonders wichtiger Ansprechpartner sein?
- **Was** sollte ich über die Menschen hier noch wissen?

So kriegst du schon ein paar Anknüpfungspunkte für deinen Rundgang in der Firma oder Abteilung! Sicher wird dein Betreuer mit dir durch die „Hallen" oder „Büros" gehen und dich vorstellen.
Gib den Menschen, die dir mit Namen vorgestellt werden und Blickkontakt mit dir aufnehmen, immer die Hand (außer sie haben gerade Handschuhe an oder sind am Telefon, dann holst du es bei nächster Gelegenheit nach: „Ich wollte mich noch mal persönlich vorstellen …").
Sage deinen Namen und einen Satz zu dir und etwas Nettes mit Bezug zu der Person dazu: „Ich bin Nina Holtmann und mache in den nächsten zwei Wochen hier mein Praktikum. Ich habe schon erfahren, dass Sie hier Ihre Ausbildung gemacht haben, und freue mich, wenn ich Sie dazu mal ansprechen darf."

Small Talk leichtgemacht

Mit Menschen ins Gespräch kommen, ist eigentlich ganz einfach und geht von „Small Talk" bis hin zu tiefsinnigen Gesprächen, egal ob im Praktikum, an der Supermarktkasse oder auf einer Fete. Als Schema funktioniert die Ich-Aussage und die anschließende W-Frage, zum Beispiel „Ich finde das Wetter klasse. Was machen Sie denn, wenn es am Wochenende so schön bleibt?". Oder: „Ich mag Ihr Mousepad. Wo kann ich so eines kaufen?"

Die folgenden Themen eignen sich besonders gut:

- Wetter, Wochenende und weiteres
- persönliche Komplimente (witziges Mousepad, tolle Schuhe, coole Frisur)
- Komplimente an den Arbeitsort (großzügige Büros, viel Austausch)
- wahrgenommene Unterschiede (Manche sind im Anzug, manche in Jeans, wie kommt das?)
- wahrgenommene Gemeinsamkeiten (Hier sprechen alle mehrere Sprachen, inwiefern ist das wichtig?)
- anstehende Termine wie Ostern, Weihnachten, Wochenende, eigener oder Geburtstag eines anderen („Ich muss über Mittag noch ein Geschenk besorgen, was würden Sie einem 50-Jährigen zum Geburtstag schenken?)

Achte darauf, wie viel Zeit dir die Menschen bei diesem ersten Kontakt schenken möchten: Stellen sie dir Fragen, sind sie am Austausch jetzt und hier interessiert und du antwortest und stellst gerne eine Gegenfrage (wirst du zum Beispiel gefragt „In welche Schule gehen Sie denn? Ah, Edith Stein, da war meine beste Freundin auch ...", kannst du gerne gegenfragen: „Das ist ja interessant. Sind Sie denn auch hier in der Stadt zur Schule gegangen?" Und du erfährst sicher etwas darüber, wo die Person herkommt (remember: Anknüpfungspunkte sammeln).

Sagen die Menschen nur „Willkommen" oder „Schön, dann werden wir uns sicher noch sprechen", ist das ein Signal, dass jetzt gerade nur eine kurze Vorstellung erwünscht ist. Respektiere das und fordere nicht zu viel auf einmal. Kommt dann der Moment, in dem du dich mit einer Person zusammensetzt, um zum Beispiel etwas über ihr Aufgabengebiet zu erfahren oder ihr einfach bei ihrer Arbeit über die Schulter zu schauen, kannst du wieder mit öffnenden W-Fragen ganz viel erfahren:

- **Worauf** kommt es bei Ihrer Arbeit besonders an?
- **Wie** haben Sie das gelernt, was Sie heute tun?
- **Was** ist an anderer Stelle passiert, bevor der Ablauf zu Ihnen kommt?
- **Was** von Ihrer Arbeit kann ich als Praktikantin auch mal tun?
- **Womit** kann ich mich nützlich machen?

Das Gleiche gilt auch für Kaffeepausen: Sprich die Leute an, stelle Fragen, bring dich in Gespräche ein. Nutze mindestens einen dieser beiden Wege:

Gib etwas von dir preis, woran andere anknüpfen können, zum Beispiel dein Hobby (remember: Ich-Botschaften senden).

Stelle W-Fragen und erfahre etwas, woran du selbst anknüpfen kannst.

Was du wem gegenüber ansprichst, hängt von deinem Fingerspitzengefühl und deiner Beobachtungsgabe ab – die nüchtern, sachliche 50-jährige Bankerin kann vielleicht wenig damit anfangen, wenn du

erzählst, dass du am Wochenende auf einem Punk-Konzert warst; die sportliche Kollegin, die morgens mit dem Rennrad angeflitzt kommt, nimmt dagegen gerne das Gespräch auf, wenn du sie fragst, wie sie zum Rennradfahren kam. Merke dir pro Person bei jedem Gespräch zwei bis drei Aspekte – hier kannst du wieder anknüpfen, wenn ihr euch beim nächsten Mal seht. **Achte darauf, dass du gibst und nimmst – also weder ausfragen noch zuquatschen!**
Zum Ende deines Praktikums wirst du sicher zwei bis drei Leute kennen, mit denen du den Kontakt halten möchtest. Vielleicht ist ja sogar ein Ferienjob in dem Betrieb möglich. Tausche E-Mail-Adressen aus und melde dich unbedingt mit einer kleinen Nachricht innerhalb der nächsten sechs Wochen. Das Thema kann sein:

- Die Bewertung deines Praktikumsberichts.
- Ein Dankeschön für das gute Praktikum (nachdem du gehört hast, dass Klassenkameradinnen von dir es nicht so gut getroffen haben und nur dabeistehen durften …).
- Eine kleine Nachricht, die für die Person einen Bezug hat, zum Beispiel der Hinweis, dass du ein Buch ihres Lieblingsautors gekauft und an sie gedacht hast.

Zoff und Zank beim Aktenschrank

Du wirst feststellen, in so einem Praktikum ist nicht immer alles Friede, Freude, Eierkuchen. Genauso wie später im Job. Es gibt immer und überall kleine Zwistigkeiten, Frotzeleien und manchmal auch größere Konflikte. Wenn du feine Antennen hast, merkst du schnell,

- wer kann mit wem und wer nicht?
- wen sprichst du besser nicht am Morgen an?
- wer hat mit wem ein Hühnchen zu rupfen?
- vor wem kuschen alle?
- wer hat viel/wer hat nichts zu sagen?

Als Praktikantin ist es sehr schlau, dich in Konflikte nicht direkt einzumischen. Wenn dich eine Situation belastet, frag am besten bei deinem Betreuer nach, wie du bestimmte Beobachtungen verstehen kannst. Sei vorsichtig mit eigenen Interpretationen und Meinungen – du bist nur wenige Wochen da und wirst in dieser Zeit kaum Teil des Betriebes! Nutze Ich-Botschaften wie „Ich habe bemerkt, dass Frau Jansen in der Pause immer alleine steht und die anderen sie auch nicht ansprechen. Ich frage mich, was das bedeutet." Auch wenn in dir eine kleine Gerechtigkeitsfanatikerin tobt, die schreit „Die anderen ignorieren sie total, wenn sie was sagt, es gibt ihr keiner eine Chance" – besser vorsichtig nachfragen und aus der Reaktion deine Schlüsse ziehen. Noch einmal etwas anderes ist es, wenn du selbst in einen Streit oder Konflikt direkt hineingerätst und Beteiligte bist, zum Beispiel wenn

- deine Rechte als Praktikantin missbraucht werden,
- du für einen Fehler beschuldigt wirst, den du nicht gemacht hast,
- dich jemand auf gemeine Art angreift.

In solchen Fällen geht es darum, dich zu behaupten und gleichzeitig zu den anderen Beteiligten fair zu sein! Puh, wie soll das denn gehen, fragst du dich, wenn ich vor Wut platzen oder vor Frust heulen könnte? Jetzt gibt es die Fallen, in die du emotionsgeladen torkeln kannst:

1. Reizworte wie „aber“, „trotzdem“, „doch“, „nur“, „Problem“
2. Unterstellungen: „Sie regen sich ja nur auf, weil …“
3. Vorwürfe: „Sie hätten ja mal …“

Eine hilfreiche Technik von Manfred Prior ist die VW-Technik: Statt Vorwürfe **(V)** deine Wünsche **(W)** formulieren: Also statt „Sie hätten ja mal sagen können, dass ich das nicht benutzen darf“, sagst du zum Beispiel: „Ich möchte gerne, dass Sie mir klar sagen, was ich nutzen darf und was nicht“. Statt „Sie kümmern sich ja auch gar nicht um mich“, sagst du „Ich möchte gerne mehr Betreuung, zum Beispiel möchte ich gerne wissen, wie das System funktioniert“.

Deine Rechte im Praktikum

Unfallverhütungsvorschriften und Schutzbestimmungen für Jugendliche und Wahrung der Persönlichkeitsrechte geben den Rahmen für deine Rechte.

- Jugendliche dürfen nicht mehr als acht Stunden täglich und nicht mehr als 40 Stunden wöchentlich beschäftigt werden.
- Jugendliche dürfen nur an fünf Tagen in der Woche arbeiten.
- Jugendlichen müssen feststehende Ruhepausen eingeräumt werden. Mindestens 30 Minuten bei einer Arbeitszeit von viereinhalb bis sechs Stunden, 60 Minuten bei einer Arbeitszeit von mehr als sechs Stunden.
- Tabu sind immer:
  - gefährliche Arbeitsstellen, Gefahrenorte (zum Beispiel unbeaufsichtigtes Hantieren an Maschinen oder mit Chemikalien),
  - schwere Arbeiten, Akkordarbeit.

Formuliere die folgenden Vorwürfe in Wünsche um. Versetze dich dazu am besten in eine Situation, in der dir so ein Vorwurf rausrutschen könnte

Vorwurf: **„Hier darf man aber auch nichts selbst machen!"**
Wunsch: ....

....

Vorwurf: **„Sie nutzen mich als Praktikantin nur aus!"**
Wunsch: ....

....

Vorwurf: **„Keiner hier hat ein Interesse daran, dass ich etwas lerne."**
Wunsch: ....

....

Vorwurf: **„Hier steht nichts davon, dass ich nur 15 Minuten am Stück Pause machen darf."**
Wunsch: ....

....

Vorwurf: **„Sie haben mir gar nicht gesagt, was Sie von mir erwarten."**
Wunsch: ....

....

Vorwurf: **„Das Praktikum kann ich keinem empfehlen!"**
Wunsch: ....

....

In „Schmetterlingsflügel für dich" lernst du mehr darüber, wie du in Konflikten geschickt die Situation meisterst. Hier in Kurzform die „sicheren Sieben" für Konfliktgespräche:

- Sei „hart" (bestimmt, klar, eindeutig) in der Sache und „weich" (höflich, respektvoll) im Gespräch.
- Sprich deine eigene Wahrnehmung an (Ich-Botschaften).
- Höre zu, frage nach (remember: W-Fragen).
- Finde heraus, was der andere eigentlich will (sein Ziel).
- Sprich die Ziele und Interessen des anderen an.
- Sucht einen gemeinsamen Nenner.
- Sucht Maßnahmen, die für euch beide Vorteile bieten.

Bewertet und berichtet

Während du dein Praktikum absolvierst, fleißig im Labor Proben ziehst, Filmspulen einlegst oder Bücher sortierst, macht sich natürlich auch das Unternehmen ein Bild von dir. Bewertet wirst du zum Beispiel anhand folgender Eigenschaften:

- Selbstständigkeit in der Arbeitsweise
- Geschick im Vorgehen
- Genauigkeit
- Geschwindigkeit
- Durchhaltevermögen
- Interesse/Fragen stellen
- Offenheit für Vorschläge
- Sprachliches Verständnis
- Mathematisches Verständnis
- Räumliches Vorstellungsvermögen
- Sich an Vorgaben halten
- Pünktlichkeit
- Zuverlässigkeit
- Lernverhalten
- Bereitschaft, Kritik anzunehmen
- Freundlichkeit/Hilfsbereitschaft
- Gepflegtes Äußeres

Sicher hat deine Schule einen Anforderungskatalog zusammengestellt oder das Unternehmen nutzt ein eigenes Formblatt zur Bewertung und Bescheinigung des Schülerpraktikums. Was das bringen soll? Hinweise über Stärken und Schwächen geben! (Du kennst das bereits aus deiner Talente-Überblicks-Maschine von Seite 21.) Und: Wenn du dich für eine betriebliche Ausbildung bewirbst, kann ein erfolgreich absolviertes Praktikum wie ein Zeugnis wirken. Es ist gut, die Anforderungen vorher zu kennen, denn du darfst dich im Praktikum von deiner Schokoladenseite zeigen! Denk in deinem Praktikum nicht zu kurzfristig: Selbst wenn dir am ersten Tag bereits glasklar ist: „Kauffrau im

Was Typen gemeinsam haben:

Sicher kennst du sie aus der Schule, die superstrengen Lehrer, die nervigen Besserwisser, die fiesen Petzen. Alle Typen können dir auch in deinem Praktikum begegnen.
Hast du ein Lieblingsbuch? Dann schau doch mal, wer in deiner Schul- oder Praktikumsbesetzung welche Rolle übernimmt. Sicher findest du Entsprechungen zum Beispiel für folgende Charaktere:

Harry Potter – Der ***Star:*** *hitzig, selbstlos, bescheiden. Achtet auf den Charakter, nicht auf Äußerlichkeiten.*
Dudley Dursley – Das ***Mamakind:*** *raffgierig, aggressiv, fett und dumm – aber Mutti sieht das ganz anders.*
Ron Weasley – Der unbeholfene ***beste Freund*** *mit ungeahnten Qualitäten, aber ohne Nerven.*
Hermine Granger – Die ***Kluge,*** *die einem auf die Nerven gehen kann und von Versagensängsten geplagt wird.*
Draco Lucius Malfoy – Der ***Gegenspieler:*** *fies, arrogant und schmierig.*
Percy Weasley – Der ***Bürokrat,*** *ohne nachzudenken, versessen auf die Einhaltung von Vorschriften.*

Einzelhandel ist nichts für mich, ich will doch lieber Bankkauffrau werden", dann sorge auch an den folgenden Tagen für einen positiven Eindruck. Unterschätze nicht die gute Presse, die zum Beispiel ein kleiner Einzelhändler bei seiner Hausbank für dich machen kann. Und: Auch wenn du in einem größeren Unternehmen geschnuppert hast, kennt dein Betreuer oft Personalleute aus anderen Unternehmen und neue Türen gehen für dich auf (remember: gutes Netzwerken ist alles!).

Luna Lovegood – Die ***Träumerin:*** *etwas merkwürdig, mit besonderen Antennen ausgestattet.*
Fred und George Weasley – Die ***Chaoten:*** *nichts als Unsinn im Kopf.*
Ginny – Die ***Schöne:*** *hübsch und liebreizend.*
Neville Longbottom – Das willkommene ***Opfer:*** *dicklich, ungeschickt und vergesslich und schlecht in der Schule dazu, aber mit ungeahnten Talenten.*
Crabbe und Goyle – Die ***Assos:*** *fallen weniger durch Intelligenz als durch Größe und Gewicht auf.*
Albus Dumbledore – Der ***heimliche Rebell:*** *klug, humorvoll mit Augenzwinkern für Streiche und Respektlosigkeiten.*
Minerva McGonagall – Die ***Klare:*** *willensstark, streng und gerecht.*
Severus Snape – Der ***Ungerechte:*** *hart, tadelnd, einschüchternd.*
Hagrid – ***Raue Schale, weicher Kern:*** *tut alles für seine Freunde.*
Argus Filch – Der ***Zu-kurz-Gekommene:*** *neidisch, missgünstig, gemein.*
Gilderoy Lockhart – Der ***Selbstdarsteller:*** *gut aussehend, eitel, kann nix, ist aber oft vor dem Spiegel anzutreffen …*

Punktlandung im Zielfeld

Sicher setzt du dir für dein Praktikum verschiedene Ziele. Um den Überblick zu behalten und genau zu wissen, was du tun wirst, um die Ziele zu erreichen, hilft dir Folgendes: Nimm ein Blatt Papier und teile es in vier Zielfelder:

1. Mein Netzwerk	*2. Mein Wissen über den Beruf*
3. Meine Persönlichkeitsentwicklung	*4. Mein Praktikumsbericht*

Schreibe in jedes dieser Felder, was du in diesem Bereich ***erreichen*** *möchtest, zum Beispiel:*

1. *„Mindestens zu drei Leuten Kontakt aufbauen, damit ich gegebenenfalls nach dem Praktikum auf sie wieder zukommen kann."*
2. *„Eine Entscheidung treffen, ob ich mich in diesem Bereich einmal für eine Ausbildung bewerbe."*
3. *„Dafür sorgen, dass ich interessante Aufgaben erhalte."*
4. *„Meinen Bericht mit mindestens Note 2 bewertet bekommen."*

Schreibe dann auf, was ***dein erster Schritt*** *dazu ist und was du mit ihm erreichst:*

1. *„Betreuer ansprechen, ihn bitten, Kontakt zu Designern herzustellen."*
2. *„Täglich meine Plus-Minus-Liste pflegen, was gefällt mir, was nicht."*
3. *„Dem Praktikumsbetreuer meine Gebrauchsanweisung vorstellen: Dass ich am Anfang oftmals sehr ruhig wirke und trotzdem gerne verantwortliche Aufgaben übernehme, wenn er sie mir überträgt."*
4. *„Meinen Betreuer bitten, meine Strukturierung am Ende der ersten Woche mit mir durchzugehen."*

Bemühe dich auch beim Verfassen deines Praktikumsberichts. An deiner Schule gibt es sicher einen Leitfaden, der zum Beispiel den erwarteten Umfang, die äußere Form und die Inhalte umfasst. So kann die erwartete Struktur aussehen:

- Begründung, warum du diesen Praktikumsplatz gewählt hast.
- Deine Wünsche, Erwartungen und Befürchtungen vor Beginn des Praktikums.
- Kurzbeschreibung des Unternehmens oder der Organisation (Branche, Produkte/Dienstleistungen, Größe, Eigentumsverhältnisse, Wettbewerbssituation, innerbetriebliche Strukturen, Mitarbeiterzahl).
- Arbeitssituation der Mitarbeiter zum Beispiel aus einem Interview mit einem Kollegen (Arbeitszeiten, Tätigkeiten, Anforderungen, Belastungen, Zufriedenheit, Fortbildung, Aufstiegsmöglichkeiten, Verdienstmöglichkeiten, Sicherheit des Arbeitsplatzes).
- Beschreibung eines typischen Berufsbildes: Aufgaben, Anforderungsprofil, Ausbildungsgang, Weiterbildungs- und Aufstiegsmöglichkeiten, Verdienstmöglichkeiten, Bewerbungs- und Auswahlverfahren, Einstellungschancen.
- Überblick über die eigenen Tätigkeiten während des Praktikums oder detaillierte Tagesberichte.
- Deine Erfahrungen und Erkenntnisse.
- Vergleich der Wünsche und Befürchtungen mit den Erfahrungen.
- Auswirkungen des Praktikums auf deine Lebensplanung.
- Darstellung und Bewertung der Betreuung während des Praktikums.
- Eventuell noch ein Anhang mit einem Glossar für Fachbegriffe, Abbildungen der Produkte, Firmenbroschüre etc.

Wie umfangreich die einzelnen Themen behandelt werden, entscheidest du meist selbst. Kläre vorab deine Freiheitsgrade für Gestaltung und Co. Nimm dir am besten einen sehr gut bewerteten Bericht des letzten Jahrgangs als Muster vor!

BEWERBEN, ABER RICHTIG

Dich vorstellen, präsentieren, bewerben, das ist immer wieder gefragt, egal, ob du als Babysitter jobben willst, es um einen Praktikumsplatz in der Gärtnerei am Ort geht oder du dich um eine Ausbildungsstelle in der Bank bewirbst. Immer geht es um dein persönliches Auftreten (remember: Schokoladenseiten kennen!), aber auch um ein paar formale Dinge, die es zu beachten gilt. Auf den nächsten Seiten erfährst du, was du alles zu einer erfolgreichen Bewerbung beitragen kannst. Viel Erfolg!

Deine Eintrittskarte: die Bewerbungsmappe

Für ein Betriebspraktikum, eine Ausbildung und auch für viele Jobs, die über Kellnern oder Zettelaustragen hinausgehen, erwarten Firmen eine schriftliche Bewerbung. Damit gewinnen sie einen schnellen ersten Eindruck von dir und deinen bisherigen Leistungen. Unternehmen funktionieren nach dem Motto „Zeit ist Geld" und beim Lesen einer schriftlichen Bewerbung zeigt in wenigen Minuten der Zeiger auf „interessant" oder aber auf „weg damit".
In so eine schriftliche Bewerbung gehören

- das Anschreiben,
- der Lebenslauf mit Porträtaufnahme,
- aktuelle Zeugnisse,
- Nachweise über Weiterbildung (Sprachferien, Computer-AG etc.).

Mach dir klar: Diese Unterlage entscheidet darüber, ob du zu einem Gespräch eingeladen wirst. **Gestalte sie also so, dass du anderen Lust machst, dich kennenzulernen:**
Im Anschreiben nimmst du Bezug zum Unternehmen und der Stelle. Fett gedruckt schreibst du ganz oben den Betreff: „Bewerbung um

einen Ausbildungsplatz", oder: „Stellenanzeige 12345". Nach einer förmlichen Anrede, möglichst an einen konkreten Ansprechpartner: „Sehr geehrte Frau Meier" (nur im Notfall schreibst du „Sehr geehrte Damen und Herren), stellst du dich kurz vor: „Mein Name ist Nina Ullrich, ich bin 15 Jahre und werde im August meinen Realschulabschluss machen." Mache deutlich, wie das Unternehmen und du zusammengehören:„Ich interessiere mich für wirtschaftliche Zusammenhänge, habe ein gutes Zahlenverständnis und arbeite gerne mit Menschen. Daher bewerbe ich mich für die Ausbildung als Bankkauffrau", oder: „Seit meinem fünften Lebensjahr reite ich und seit drei Jahren betreue ich ein Pflegepferd. Ich habe viele Tierarztbesuche miterlebt und assistiert. Daher bin ich mir sicher, Tierpflegerin in der Tierklinik ist die richtige Ausbildung für mich." Wenn eine Stellenanzeige vorliegt, nimmst du Bezug: „Sie suchen einen engagierten Auszubildenden. Ich habe mein Engagement bisher so unter Beweis gestellt: ‚Ich habe seit zwei Jahren einen Ferienjob bei der Bäckerei Müller, habe mir letztes Jahr auf diese Art eine Sprachreise selbst verdient, bin Klassensprecherin und im Reitverein in der Jugendarbeit aktiv.'" In dieser Form gehst du auf alle wesentlichen Anforderungen ein. Du beendest das Anschreiben mit einem zuversichtlichen Ton: „Ich freue mich auf ein persönliches Gespräch, mit freundlichen Grüßen …", und unterschreibst mit der Hand. Achtung: Formuliere um, wähle das Wesentliche aus, damit dein Anschreiben maximal eine Seite lang ist (remember: Prioritäten setzen und „Zeit ist Geld").

Prägnanter formulieren: „Formuliere sieben Mal um", sagen die Präsentationsexperten. Wenn du dich fragst, was kann man denn sieben Mal anders schreiben, dann schau mal hier …

- Weg mit allen Füllwörtern: weitgehend, meistens, größtenteils etc. sind weitgehend langweilig, überflüssig, größtenteils ohne Mehrwert.
- Nutze statt passive nur aktive Formulierungen: „Ich bin Klassensprecherin" klingt einfach besser als „wurde als Klassensprecherin gewählt".
- Mach dich stark: Weg mit dem Konjunktiv, „würde", „könnte", „sollte"… – „ich würde mich über ein Gespräch freuen" klingt schüchtern, „ich freue mich darauf, Sie kennenzulernen" klingt selbstbewusst.
- Nutze dosiert Fettschrift, Doppelpunkt und Aufzählungszeichen: Letzteres ist besonders im Lebenslauf immer übersichtlicher als ganze Sätze.
- Streiche den „man" aus deinem Wortschatz, was „man" macht oder nicht, ist weder interessant noch konkret.

Der Lebenslauf enthält Angaben zu dir (Name, Adresse, Geburtsdatum, Familienstand, Eltern, Geschwister, Schulausbildung, Weiterbildungen) und ein aktuelles Porträtfoto (meist rechts oben aufgeklebt/eingefügt). Üblicherweise wird er tabellarisch erwartet, nicht als Prosatext. Das bedeutet, du machst zwei Spalten: Links steht die Zeitdauer (zum Beispiel 7/2004–8/2007), rechts, was du gemacht hast (zum Beispiel Käthe-Kollwitz-Schule, Berlin). Der Lebenslauf wird mit aktuellem Datum versehen und von dir unterschrieben. In speziellen Bewerbungsratgebern, beim Arbeitsamt oder im Internet findest du Beispiele für eine gute Aufteilung. Das Wichtigste: Übersichtlich, schnell erfassbar und lückenlos muss er sein. Von deinen letzten beiden Schulzeugnissen und den Nachweisen über Weiterbildungen machst du gute Kopien (kein zu dünnes Papier, 120 g ist ein gutes Maß!). Lebenslauf, Kopien der Zeugnisse und anderer Nachweise packst du in dieser Reihenfolge in einen guten Schnellhefter oder eine Bewerbungsmappe (Achtung: sind teuer!). Manche Unternehmen geben auf ihrer Bewerber-Homepage an, wie sie die Bewerbung haben möchten. Dein Anschreiben legst du obenauf. Du verschickst alles in einem DIN-A4-Umschlag. Natürlich darfst du dem Unternehmen angemessen eine originelle Gestaltung auswählen (also farbig bei der Werbeagentur und klassisch bei der Bank). Unterlagen, die positiv auffallen, werden eher in die Hand genommen und erinnert. Das ist es wert, dass du dir einige Gedanken über die Verpackung machst!

Was Personalchefs absolut abtörnt

- Unterlagen mit Eselsohren und Fettflecken
- Mittig geknickte Unterlagen, weil zu kleiner Briefumschlag
- Nach Zigarettenqualm stinkende Unterlagen
- Billigbewerbungsfoto aus dem Bahnhofsautomaten
- Ganzkörperfotos, gar noch im Trägerkleidchen
- Unvollständige Unterlagen
- Schreibfehler oder nicht korrektes Deutsch
- Offensichtliches Massenanschreiben ohne Bezug zum Unternehmen
- Altmodische oder geschraubte, passive Sprache
- Lange, komplizierte Sätze
- Handschriftliche Unterlagen (wenn nicht ausdrücklich gewünscht)
- Sichtlich schon einmal verwendete Schnellhefter

„Hinterher ist man schlauer"

Du denkst „jaja, so ein Oma-Spruch". Mach es noch besser: Sei vorher schlauer! Wie das geht? Lass dich einladen zu einer kleinen Zeitreise. Stell dir vor, du hast die Bewerbung abgegeben und nun ist es zwei Wochen später und deine Unterlagen kommen zurück: Hat nicht geklappt. Stell dir die Frage: „Woran hat's gelegen, dass sie mich nicht eingeladen haben?" Die Antwort „Keine Ahnung" gilt nicht! Verlass dich auf deine erste spontane Reaktion und erforsche sie weiter …

Deine Reaktion „Warum wohl? Das ist eh so ein spießiger Laden" kann ein Hinweis sein, dass du da gar nicht hinwillst.

Deine Reaktion „Hm, hab mich wohl nicht interessant genug dargestellt …" ist ein Hinweis, dass du mehr über dich erzählen solltest.

Und nun, nach dieser kleinen Gedankenzeitreise, bist du wieder in der Gegenwart, hast die Bewerbung noch vor dir liegen … und hast es in der Hand, jetzt und hier die Zukunft positiv zu gestalten:

Willst du da gar nicht hin? Dann werde aktiv und bewerbe dich dort, wo du wirklich hinwillst, oder wenn es keine Auswahl gibt, stimm dich mit der Liste der 10 positiven Dinge von Seite 113 ein, bevor du deine Bewerbung überarbeitest.

Willst du mehr über dich erzählen? Dann leg los und schreib in die Bewerbung mindestens drei Dinge über dich rein, die einen Bezug zum Unternehmen haben, zum Beispiel dein Engagement im Umweltschutz, die Gründung der Chemie AG, der Einsatz für eine Schule in Afrika …

Wir freuen uns, Sie kennenzulernen!

Du hast es geschafft – die Einladung zu einem Vorstellungsgespräch liegt in deinem Briefkasten. Nach den Freudensprüngen und Jippie-Rufen, wird dir aber bald klar: Die nächste Herausforderung steht vor

Diese kleine Zeitreise funktioniert übrigens bei allen Aufgaben, bei denen es um etwas geht:

- *dein Referat,*
- *dein Bewerbungsgespräch,*
- *dein Date,*
- *dein Auslandspraktikum.*

Du kannst dich immer aus der Blickrichtung „einige Zeit später schaue ich zurück" fragen: „Wenn es ein Misserfolg war ... woran lag's?!" Denn du weißt, die Antwort darauf wird dich dahin bringen, das, was für einen Erfolg ganz wichtig ist, noch vorher zu tun!

der Tür. Vorstellungsgespräch – wie geht das überhaupt? Mach dir bewusst: Die einzige Frage hinter dem Bewerbungsgespräch ist diese: Passt du, so wie du bist, in diese Firma? Und umgekehrt für dich die Klarheit: Werde ich dort wohl glücklich?

Mach dir den Affen

Kennst du die archaische Geste der Gorillas, die sich auf die Brust klopfen? Sie stimulieren instinktiv ihre Thymusdrüse, die ebenfalls bei uns Menschen für Steigerung des Selbstbewusstseins sorgt und die Selbstheilungskräfte des Körpers aktiviert. Die Thymusdrüse liegt im oberen Bereich deines Brustbeins und du solltest sie so lange leicht beklopfen, wie es dir guttut, mal links, mal rechts daneben. Danach die ganze Handfläche auflegen und noch einmal kurz der Berührung nachspüren. Du bist stark!

Zu Beginn eures Gesprächs wirst du den anwesenden Gesprächspartnern vorgestellt. Lass dich nicht verunsichern und versuche, dir die Namen zu merken. Frag ruhig noch mal nach, wenn du einen Namen nicht verstanden hast. Am besten du wiederholst die genannten Namen noch einmal („Guten Tag, Frau Weidemann“; „Freut mich, Herr von Maiering) – damit merkst du dir die Namen besser und kannst dich am Ende mit Namen verabschieden (Hier sind Menschen sehr einfach gestrickt: Wir freuen uns wie die Schneekönige, wenn sich jemand unseren Namen behalten hat!).

Wenn dir etwas zu trinken angeboten wird, bitte um ein Glas Wasser; sollten deine Gegenüber rauchen, lass um Himmels willen deine Kippen stecken!!!

Nach einem kleinen Small Talk, der die Runde auflockern soll („Sind sie gut hergekommen …?“; „So ein schöner Frühling, wie war Ihr Wochenende?“; „Jetzt ist das Schuljahr ja bald zu Ende, fahren Sie weg?“), geht es weiter. Meist wird das Unternehmen kurz präsentiert, die einzelnen Abteilungen, die Ziele, die Aufgaben.

Dann erhältst du die Gelegenheit, dich vorzustellen. Mache das am besten anhand deines Lebenslaufs, den du ruhig ein bisschen ausschmücken darfst. Lücken in deinem Lebenslauf brauchst du erst auf Nachfragen zu erläutern. Überlege dir schon vorher, was du sagst! („Sitzen geblieben?" – „Habe getrödelt, aber jetzt bin ich aufgewacht und weiß, was ich will.") An dieser Stelle will dein künftiger Chef auch einiges über deine (sozialen) Kompetenzen wissen. Antworte hier stets ehrlich und erzähle keine Geschichten. Wenn du etwas nicht weißt, gib es offen zu, nach dem Motto „Das kann ich noch alles lernen" (remember: Das Zauberwort „noch").

Auf diese Fragen solltest du vorbereitet sein:

- Beschreiben Sie kurz Ihren Lebenslauf mit eigenen Worten.
- Wie kommen Sie mit Ihren Mitschülern zurecht?
- Warum ist Ihre Note in Deutsch/Englisch/Mathe nur ausreichend?
- Wo haben Sie sich über unser Unternehmen informiert?
- Welche Hobbys haben Sie?
- Treiben Sie Sport in einem Verein?
- Weshalb sollten wir uns ausgerechnet für Sie entscheiden?

Vielleicht wirst du auch zu privaten Themen befragt. Mach dir unbedingt klar, dass zu jeder Antwort, die du gibst („Meine Hobbys sind Lesen und Kino") Nachfragen kommen können („Welches Buch lesen Sie gerade? Worum geht es darin?"). Wenn du dann nicht antworten kannst („Och, das ist so ein Fantasy-Buch wie alle anderen ..."), machst du fette Minuspunkte. Also – Schokoseiten darstellen ist erlaubt, aber bleib bei der Wahrheit!

Nach den Fragen zu deiner Person kannst du nun Fragen deinerseits loswerden, zum Beispiel:

- Welche Weiterbildungsmöglichkeiten gibt es?
- Wie sind die Arbeitszeiten geregelt?
- Was verdiene ich im ersten Ausbildungsjahr?
- Wo befindet sich die Berufsschule?

Klamotten und Co. – Styling im Bewerbungsgespräch

Bei allem Respekt vor deinen inneren Werten: Oft genug kommt es auch auf Äußerlichkeiten an. Und die sind für ein Bewerbungsgespräch leicht zu managen.

Körperpflege: Duschen, Haare waschen und Deo sind selbstverständlich, aber übersprühe deinen Eigengeruch nicht mit Tonnen von Parfum. Schließlich musst du für deine Umwelt noch als DU erschnüffelbar sein.

Outfit: Immer ein bisschen besser angezogen als erwartet, ist eine gute Richtlinie. Für Praktikum und Ausbildung bist du mit Stoffhose und Blazerjacke auf der sicheren Seite. Variiere: Stellst du dich in der Bank vor, darf es Dunkelblau und klassisch sein, Lederschuhe sind ein Muss! Gehst du in den Kindergarten, geht auch die sportlichere Variante. Bewirbst du dich auf der Baustelle oder in der Gärtnerei, komme zum Vorstellungsgespräch nicht schon in Arbeitsklamotten, sondern ruhig etwas gepflegter. Tabu ist: bauchfrei, unbedeckte Schultern, zu kurzer Rock, extrem hohe Absätze – dies gilt für (fast) alle Branchen.

Einmal ausprobieren: Zieh alles, was du geplant hast, schon mal vorher zusammen an. Schau dich im Tageslicht an, denn im Dunkeln rausgekramte blaue Socken sehen spätestens beim Sitzen dann zur schwarzen Hose doch doof aus.

Sei DU! Verkleide dich nicht. Wenn du eher der modische Typ bist, brauchst du dich für dein Vorstellungsgespräch in der Bank nicht in Sack und Asche kleiden. Wenn du ein Jeans-und-Turnschuh-Typ bist, brauchst du für den Job in der Versicherung nicht Stöckelschuhe und Faltenrock anziehen. Eine Stoffhose und flache Lederschuhe tun es dann auch. **Du musst dich wohlfühlen!**

Achtung: Die am häufigsten gestellten Fragen und die Antworten darauf haben große Unternehmen oft auf ihrer Bewerber-Homepage veröffentlicht. Fragst du die alle noch mal, gibt's Minuspunkte für die Vorbereitung. Stelle die Fragen, die dir (bei guter Vorbereitung) noch nirgends beantwortet wurden!

- Wie stehen die Chancen auf eine Übernahme nach der Ausbildung?
- Woran merke ich, dass ich für Ihr Unternehmen die Richtige bin?
- Wie würden die aktuellen Auszubildenden ihre Ausbildung beschreiben?
- Gibt es eine finanzielle Unterstützung, zum Beispiel für das Kantinenessen?

Nach dem Termin ist vor dem Termin

Nachdem am Ende des Gesprächs noch ein wenig lockerer Small Talk betrieben wird, wirst du verabschiedet. Scheue dich nicht, nach dem Termin für die Entscheidung zu fragen. Üblicherweise melden sich Unternehmen innerhalb von zwei Wochen zumindest mit einem Schreiben der Art „Schön, dass wir Sie kennenlernen durften. Unser Entscheidungsprozess wird im nächsten Monat abgeschlossen sein." Oder aber sie senden dir etwa in dieser Zeit deine Bewerbungsunterlagen zurück und sagen, dass es leider nichts wird. Pech gehabt. Und nun? Bekommst du ein neutrales oder sogar schon ein positives Signal, freu dich und nutze die Gelegenheit, mit einem Telefonat noch mal den Eingang dieses Schreibens zu bestätigen. Nach dem Motto „Ich habe heute Ihr Schreiben erhalten, das hat mich sehr gefreut. Ich möchte mich auf diesem Weg noch mal für das interessante Gespräch bedanken. Besonders gut gefallen hat mir: die Menschen kennenzulernen/ Frau Meiers freundliche Art/dass auch ein ehemaliger Auszubildender dabei war …(Remember: Feedback geben: konkret und mit Beispielen belegt!) Oder aber du hast noch eine Frage. „Im Nachhinein hab

Keine Angst vor fiesen Fragen …

Die Profis machen es so: Sie schreiben sich vor dem Bewerbungsgespräch (und das funktioniert genauso vor dem Referat oder vor der schriftlichen Arbeit …) alle Fragen auf, die sie spontan nicht beantworten könnten oder wo sie das Gefühl hätten, au Backe, jetzt bloß nicht stottern … also zum Beispiel:

- *Wo haben Sie schon mal im Service gearbeitet?*
- *Wen könnte ich anrufen, um eine Aussage über Ihre Fähigkeiten zu bekommen?*
- *…*

Mach dir deine Liste der fiesen Fragen am besten zusammen mit einer oder zwei Freundinnen. Zusammen macht das sehr viel Spaß und das Lachen dabei ist ein guter Stresskiller. Ihr geht so vor: Zuerst werden alle fiesen Fragen gesammelt und aufgeschrieben (nicht schon beantwortet). Trau deiner natürlichen Körperreaktion: Wann immer du ausatmend denkst oder sagst: „Puh, das ist eine gute Frage", ist es wirklich eine, die es sich lohnt zu notieren.

……………………………………………………………………

……………………………………………………………………

……………………………………………………………………

……………………………………………………………………

……………………………………………………………………

……………………………………………………………………

……………………………………………………………………

……………………………………………………………………

Erst wenn die Liste gut gefüllt ist, suchst du überzeugende Antworten. Noch besser, wenn deine Freundinnen mitmachen und dich mit ihren Ideen unterstützen.

ich mich noch gefragt, welche Auswirkungen Ihre Pläne, nach Frankreich zu expandieren, auf die Ausbildung haben. Was können Sie mir dazu schon sagen?" (Remember: öffnende W-Frage!) Rufe am besten direkt an, wenn du deine Freude spürst, denn diese positive Emotion findet ihren Weg durch das Telefon – dieser Moment ist ein Punkt für dich. Und keine Sorge, wenn dein Gesprächspartner wenig Zeit und Lust zum Gespräch zu haben scheint. Bewerberauswahl ist nur ein Teil seines oder ihres Jobs und für das Unternehmen ist ja alles klar: Es wird noch dauern. Und dennoch ist ein Telefonat (aber nicht drei oder vier!) immer ein Zeichen von „Ich werde aktiv und habe keine Angst vor dem Telefon oder vor einem Gespräch".

Kommt nach dem Gespräch ein Umschlag mit deinen Unterlagen zurück, dann heißt es Fehlanzeige. Das bedeutet aber nur: Jemand anders hat besser gepasst als du. Das ist insbesondere dann traurig, wenn du dir eine Anstellung hättest gut vorstellen können und dir Unternehmen und Menschen sowie die Aufgabe super gefallen haben (wenn das Gespräch doof war und die Leute superspießig, bist du vielleicht eher erleichtert, dass ihr nicht zusammenkommt). Was du machen kannst, ist auch hier anrufen und nachfragen. Aber erst nachdem du eine Nacht darüber geschlafen hast und etwas gefasster bist! Frag um Himmels willen nicht beleidigt, warum sie dich nicht genommen haben. Vielmehr solltest du wieder auf die Ich-Botschaften zurückgreifen, nach vorne denken und zum Beispiel sagen: „Guten Tag Frau Müller, hier ist Kerstin Gutzeit. Ich war am 2.3. bei Ihnen zum Bewerbungsgespräch. Gestern hab ich leider Ihre Absage erhalten, was ich sehr schade finde, weil mir Ihr Unternehmen und die Ausbildung sehr gut gefallen. Ich möchte Sie bitten, mir zu sagen, was ich in einem nächsten Gespräch Ihrer Meinung nach besser machen kann. Damit helfen Sie mir sehr für meinen Start ins Berufsleben."

Ganz selten wird man dir gar nichts sagen. Meistens wirst du ein oder zwei gute Hinweise bekommen: „Sie sollten beim nächsten Mal deutlicher machen, dass Sie den Biss haben, etwas über drei Jahre durchzuziehen", oder: „Sie sollten mehr Fragen stellen und weniger über Ihre privaten Interessen sprechen", oder: „Sie sollten sich vorher besser über das Unternehmen und die Ausbildung informieren." Denk dran: **So ein Feedback ist ein Geschenk, das dir dein Gesprächspartner macht.** Es ist keine Aufforderung für das „Ja-aber-Spiel". Also: keine Diskussion anfangen („Ja, aber Sie haben doch gefragt, was ich privat so mache …"). Bedanke dich für die Hinweise und verabschiede dich freundlich. Jetzt liegt es an dir, etwas für das nächste Gespräch daraus zu machen.

Allgemeines Gleichbehandlungsgesetz

§ 1 Ziel des Gesetzes ist, Benachteiligungen aus Gründen der Rasse oder wegen der ethnischen Herkunft, des Geschlechts, der Religion oder Weltanschauung, einer Behinderung, des Alters oder der sexuellen Identität zu verhindern oder zu beseitigen.
Was hat das AGG mit deiner Bewerbung zu tun? Dieses Gesetz von 2006 auch „Anti-Diskriminierungsgesetz" genannt, wirbelt Unternehmen ganz schön auf: Sie müssen sich „gesetzeskonform" vorstellen und dürfen zum Beispiel nicht mehr schreiben: „Sie arbeiten in einem jungen Team." Sie dürfen Geburtsdatum, Nationalität und Familienstand nur noch erfragen, wenn dies wirklich relevant ist, und dir bei einer Absage nicht mehr offen sagen, dass es an dem Stecker, den du in der Nase trägst, lag oder an deinem Zungenpiercing.

WELLE 3

Der Wind braust dir um die Ohren, du singst vor dich hin. Du bist richtig weit gekommen, spürst die Welle und ihren Weg, lässt dich tragen … Ob all deine Träume, Ideen und Wünsche Wirklichkeit werden? Du weißt, was du tun kannst, um deinen Ausbildungsweg so zu gestalten, dass du das Beste daraus mitnimmst. Du surfst weiter und weißt, du kannst schaffen, was du dir vornimmst. Und wenn das Wasser mal über dir zusammenschlägt, dann gibt es eine andere Welle und eine neue Chance.

Du bist fit! Das brauchst du zum Durchstarten:

1. Stressfreie Zonen kannst du in der Schule anregen.
2. Kenne deine Zeitfresser und setze sie auf Diät.
3. Respektiere: Alle meinen es gut mit dir – also mach allen klar, was für dich das Beste ist.
4. Auch aus dem tiefsten Tief gibt es einen Weg: Ein Teil Schicksal, ein Teil du!
5. Lasse die Leidenschaft in dir brennen, dann entzündest du andere für deine Themen.
6. Deine Gedanken beeinflussen deinen Körper – gut für dich, wenn du positiv denkst.
7. Finde das Wesentliche heraus – deine Botschaft passt in eine SMS.
8. Dein Auftritt lebt vom Atmen, Üben, Kontakthalten.
9. Keine Panik vor Zwischenfragen – du kennst Wege, mit ihnen umzugehen.
10. Suche früh ein Praktikum, das dir passt – und mache das Beste daraus.
11. Ehrenamt und Ausland erweitern deine Grenzen – und bedeuten später fette Pluspunkte.
12. Networking ist alles – Ich-Botschaften und W-Fragen machen es leicht.

13. Wünsche statt Vorwürfe helfen durch schwere Zeiten.
14. „Passen wir zusammen?“ ist die entscheidende Frage im Bewerbungsgespräch – für die anderen und für dich.

AUF DER WELLE ZUR NÄCHSTEN WELLE

Supergut, herzlichen Glückwunsch, liebe Wellenreiterin, du hast es geschafft! Sei stolz auf dich, freu dich, tanze herum, hüpfe vor Freude barfuß durch die Pfützen ... Wenn du bis hierhin durchgesurft bist, kannst du richtig stolz auf dich sein. Vielleicht hast du nicht alle Übungen gemacht, vielleicht konntest du mit manchen Gedanken noch nichts anfangen, vielleicht kam dir vieles bereits bekannt vor, vielleicht wirst du dieses Buch noch mal in die Hände nehmen und an einer Stelle hängen bleiben, die dich vorher noch nicht so interessiert hat (remember: Lernen ist Veränderung). Oder du berichtest deiner Freundin von deinen Erfahrungen und „coachst" sie, wenn es um ihre Berufswünsche geht. Dann bastelt ihr gemeinsam an der Talente-Überblicksmaschine oder eurer Berufsbox und helft euch beim Bewerbungenformulieren. Von Welle zu Welle wirst du einiges an wichtigen Erkenntnissen über dich mitgenommen haben. Schreibe es dir in Schönschrift auf und hänge dir den Zettel über dein Bett, über deinen Schreibtisch. Oder als SMS in dein Handy, zum Jederzeit-Wieder-Abrufen ...

Was auch immer du tust, probiere aus und reite die Welle!
Denn egal, ob es um Referat, Bewerbung oder Berufswahl geht: Du entscheidest, was passiert, es kommt immer darauf an, was du daraus machst. In diesem Sinne: Viel Glück bei deinem Wellenritt! Als Wellenreiterin stehst du sicher und selbstbewusst mit beiden Beinen auf deinem Brett. Und wenn dich mal eine Welle umhaut, steigst du halt wieder auf, du weißt jetzt ja, wie das geht ...

Christina Arras & Ilona Einwohlt im Mai 2008

Über die Autorinnen

Christina Arras weiß als Beraterin, Trainerin und Coach, dass clevere Mädchen herausfinden, was erfolgreiche Frauen brauchen, nach dem Motto „Was Lotte lernt, bringt Charlotte immer mehr". Aus der Bewerberauswahl kennt sie, worauf es bei Jobsuche und Bewerbung ankommt. In ihren Seminaren zu Präsentation, Gesprächsführung, Zielvereinbarungen, Konfliktmanagement etc. vermittelt sie, was möglich ist, wenn man/frau die eigene Selbstverantwortung annimmt und die Interaktion mit anderen aktiv und positiv gestaltet. Dabei geht es nie um das Erlernen von Einheitsmaschen, sondern immer darum, echt zu sein und als ganze Persönlichkeit zu wirken.

www.christina-arras.de

Ilona Einwohlt findet als Autorin mehrerer Kinder- und Jugendbücher, dass Mädchen gar nicht stark und selbstbewusst genug sein können. Deshalb geht es in ihren Büchern immer um Themen mitten aus dem (Mädchen-)Leben. Ob Liebe und Liebeskummer, Freundschaft und Krisen oder der ganz normale Alltag mit seinem alltäglichen Wahnsinn – immer nimmt sie die Mädchen ernst und gibt, ohne jemals aufdringlich pädagogisch zu sein, wertvolle Tipps und Denkanstöße.

www.ilonaeinwohlt.de

Über ein Feedback freuen wir uns unter:
schmetterlingsfluegel@cyberlona.de